CONTES VOSGIENS

ANNETTE ET JEAN-CLAUDE
LE RÉCIT DU PÈRE JÉROME
LE TROMPETTE DES HUSSARDS BLEUS
LE VIEUX TAILLEUR — GRETCHEN

PAR

ERCKMANN-CHATRIAN

ILLUSTRÉS PAR F. PHILIPPOTEAUX

ŒUVRES COMPLÈTES
ILLUSTRÉES

ROMANS
POPULAIRES

L'illustre
Docteur Mathéus
Hugues le Loup
Daniel Rock
Contes
des Bords du Rhin
L'ami Fritz
Confidences
d'un
Joueur de Clarinette
Maison forestière
Le Juif Polonais

SOUVENIRS
D'UN
CHEF DE CHANTIER

HISTOIRE
DE LA
RÉVOLUTION
FRANÇAISE
RACONTÉE
PAR UN PAYSAN
1789 à 1815

ŒUVRES COMPLÈTES
ILLUSTRÉES

ROMANS
NATIONAUX

Le Conscrit
de 1813
Madame Thérèse
ou les
Volontaires de 92
L'Invasion
Waterloo
L'Homme du peuple
Le Blocus
La Guerre

CONTES ET ROMANS
ALSACIENS

Histoire
du Plébiscite
Histoire
d'un Sous-maître
Les Deux Frères
Brigadier Frédéric
Une Campagne
en Kabylie
Maître Gaspard Fix

L'OUVRAGE COMPLET, PRIX : 1 FR. 30 C.

PARIS
J. HETZEL ET Cie, ÉDITEURS, 18, RUE JACOB

CONTES VOSGIENS

OUVRAGES DU MÊME AUTEUR

ŒUVRE COMPLÈTE. — VOLUMES IN-18 A 3 FR.

L'AMI FRITZ, comédie en 3 actes, en prose, musique de HENRI MARÉCHAL. 1 vol.
CONTES VOSGIENS, 5e édition . . . . 1 vol.
SOUVENIRS D'UN ANCIEN CHEF DE CHANTIER, 7e édit. 1 vol.
LE BRIGADIER FRÉDÉRIC, 8e édition . . . . 1 vol.
UNE CAMPAGNE EN KABYLIE, 6e édition. . . . . 1 vol.
LES DEUX FRÈRES, 10e édition . . . . 1 vol.
HISTOIRE D'UN SOUS-MAITRE, 9e édition. . . . . 1 vol.
HISTOIRE DU PLÉBISCITE, 17e édition . . . . 1 vol.
L'ILLUSTRE DOCTEUR MATHÉUS, 6e édition . . . . 1 vol.
LA MAISON FORESTIÈRE, 8e édition. . . . . 1 vol.
MAITRE DANIEL ROCK, 5e édition. . . . . 1 vol.
MAITRE GASPARD FIX, 6e édition . . . . 1 vol.
CONTES POPULAIRES, 5e édition. . . . . 1 vol.
CONTES DES BORDS DU RHIN, 4e édition . . . . 1 vol.
CONTES DE LA MONTAGNE, 5e édition. . . . . 1 vol.
CONFIDENCES D'UN JOUEUR DE CLARINETTE, 6e édition. 1 vol.
HISTOIRE D'UN CONSCRIT DE 1813, 39e édition. . . . . . . 1 vol.
L'INVASION, 17e édition . . . . 1 vol.
MADAME THÉRÈSE, 26e édition. . . . . 1 vol.
WATERLOO, 28e édition. . . . . 1 vol.
LA GUERRE, 6e édition. . . . . 1 vol.
LE BLOCUS, 16e édition . . . . 1 vol.
HISTOIRE D'UN HOMME DU PEUPLE, 11e édition. . . . . . 1 vol.
HISTOIRE D'UN PAYSAN :

1re PARTIE. *Les États généraux* (1789), 21e édition . . . . 1 vol.
2e PARTIE. *La Patrie en danger* (1792), 14e édition. . . . . 1 vol.
3e PARTIE. *L'an I de la République* (1793), 11e édition. . . . . 1 vol.
4e PARTIE. *Le citoyen Bonaparte* (1794 à 1815), 10e édition . . . . 1 vol.

LE JUIF POLONAIS, drame en 3 actes et 5 tableaux, avec airs notés.
1 vol. in-18. Prix. . . . . 1 fr. 50 c.
LETTRE D'UN ÉLECTEUR A SON DÉPUTÉ. Prix . . . 50 c.

Paris. — Imprimerie Gauthier-Villars, quai des Grands-Augustins, 55.

CONTES VOSGIENS

ANNETTE ET JEAN-CLAUDE

LE RÉCIT DU PÈRE JÉROME

LE TROMPETTE DES HUSSARDS BLEUS

LE VIEUX TAILLEUR

GRETCHEN

PAR

ERCKMANN-CHATRIAN

ILLUSTRÉS DE 18 DESSINS PAR P. PHILIPPOTEAUX

GRAVURES PAR C. LAPLANTE

PARIS

J. HETZEL ET Cie, ÉDITEURS, 18, RUE JACOB

CONTES VOSGIENS

PAR

ERCKMANN-CHATRIAN

Regardant parfois, enfourchés sur la plus haute branche... (Page 2.)

ANNETTE ET JEAN-CLAUDE

I

Il faut avoir vécu sous Louis XVIII et Charles X, me dit mon ami Jean-Claude Bruant, pour se faire une juste idée de nos progrès depuis un demi-siècle; je ne parle pas seulement des inventions innombrables que nous avons vues se produire et changer la face du monde, je parle des progrès du bon sens dans le peuple, de son développement intellectuel et moral, de la connaissance qu'il a prise de ses véritables intérêts, du fardeau de préjugés et de superstitions dont il s'est débarrassé, et du bien-être qu'il a acquis sous tous les rapports.

Pourtant je ne m'étonne pas que certains esprits, encroûtés dans de vieux souvenirs comme les escargots dans leurs coquilles, regrettent ce qu'ils appellent le bon temps; il est bien pénible, après cinquante ans, de changer sa manière d'être et de penser.

Moi-même, qui suis un homme de progrès, je ne puis me rappeler sans attendrissement le petit hameau des Bruyères, où j'ai passé ma jeunesse : sa file de maisonnettes échelonnées sur la côte, avec ses toits de bardeaux, ses granges, ses hangars chargés de grosses pierres plates contre les coups de vent; la petite chapelle de Saint-Fulbert effilée dans le ciel, les forêts à perte de vue sur toutes les cimes environnantes, et devant, l'immense plaine de la Lorraine, tantôt couverte de nuages, tantôt inondée de lumière.

Ah! que nous respirions bien là-haut, mon frère Antoine et moi, courant du matin au soir en petite veste de toile, la tête et les pieds nus, sifflant comme des merles, grimpant sur les arbres pour dénicher les geais, les ramiers, les écureuils, et regardant parfois, enfourchés sur la plus haute branche, les villes, les villages, les coteaux perdus là-bas comme des grains de sable dans la mer.

L'idée ne nous venait jamais qu'il faudrait descendre un jour de la montagne, le sac au dos et le bâton à la main, pour aller chercher fortune ailleurs. Non! c'était le bon temps, et cela nous paraissait devoir durer toujours.

Et quand, après avoir bien couru, visité la charbonnière du père Médard, à la Roche-Fendue, ou les coupes lointaines du Hautvald, montant d'échelon en échelon le chemin de *Schlitt* jusque dans les nuages, nous invitant nous-mêmes à manger des pommes de terre cuites sous la cendre, avec le vieux bûcheron Lagoulette, et à boire un coup d'eau fraîche dans la cruche du père Denizot, le forestier; quand, vers le soir, nous voyions le jour baisser, le ciel se teindre en rouge du côté de la Champagne, avec quelle ardeur nous redescendions au village à travers les ronces, les halliers, les hautes bruyères, riant, nous accrochant aux broussailles, nous appelant dans la nuit d'un coup de sifflet et arrivant tout essoufflés à la forge de maître Martin, où l'on reprenait haleine, en regardant le feu briller au fond de la masure, et en écoutant les marteaux galoper sur l'enclume.

Il me semble que c'était hier; mais le temps a marché depuis, et s'il me fallait descendre aujourd'hui du Hautvald par les mêmes chemins, je me casserais le cou cent fois avant d'arriver.

Et, après ces journées si bien remplies, lorsque Antoine et moi nous rentrions chez la grand'mère Catherine et l'oncle Nicolas nous mettre à table devant le grand plat de choux au lard, déchirés, égratignés comme nous étions, personne ne nous demandait :

« D'où venez-vous? »

On trouvait tout naturel de nous voir ainsi, les oreilles rouges, les yeux vifs, les dents bien plantées, le pantalon pendu par une bretelle sur la hanche, et l'on disait :

« Voici les petits! »

On se reculait sur le banc pour nous faire place, on remplissait notre assiette.

L'oncle racontait sa tournée du jour, ce qu'il avait estimé telle coupe, ce que la scierie avait donné de planches, combien il avait vendu de cordes et de fagots à Saverne; la grand'mère combien ses poules avaient pondu d'œufs dans la journée; la servante Rosalie ce que valaient le beurre, les œufs, le fromage sur le marché de Sarrebourg.

Puis l'oncle, buvant un bon coup d'eau-de-vie, reculait sa chaise près de l'âtre, sous le manteau de la cheminée, et ronflait à son aise, pendant que les femmes filaient, se racontant les bruits du village : le mariage d'Adèle avec le grand Coliche, les peines qu'avait eues la vache de Bastien pour faire son veau, l'arrivée prochaine de M. Goujon, le percepteur, affichée à la paroisse.

Quelquefois arrivait Marie-Anne Gaudin, la femme du sabotier notre voisin, avec sa petite Annette; elle se mettait de la partie, et cela continuait jusqu'à l'heure où tout le monde allait se coucher.

Mais, le plus souvent, nous autres, nous étions depuis longtemps étendus dans notre bon lit de plume, au-dessus de la cuisine, et nous dormions comme des bienheureux.

Le coq avait beau chanter de grand matin, nous n'ouvrions les yeux que sur les huit heures, et si l'odeur de la soupe aux pommes de terre n'était pas venue nous souhaiter le bonjour, nous ne serions jamais descendus avant midi.

Tu vois que nous n'étions pas malheureux aux Bruyères; ni l'oncle, ni la grand'mère, ni personne ne nous contrariait; nous avions pleine liberté de grimper et de courir; la seule chose qu'on nous défendait, c'était d'aller voir l'ermite Yéri-Hans (1) dans sa tanière, et j'ai pensé depuis que l'oncle avait raison.

Cet ermite vivait sous la roche des Oies-Sauvages, reculée dans le bois d'environ deux cents pas au-dessus du sentier qui menait à Zornbourg, notre paroisse.

La roche, de sable rouge mêlé de gros cailloux blancs et noirs, formait une sorte de grotte à sa base, et c'est là-dedans qu'habitait Yéri-Hans, allumant du feu dont la fumée montait par une faille sur le plateau; la roche laissait suinter un petit ruisseau qui se répandait dans les hautes herbes jusqu'au sentier au-dessous; elle était hérissée de ronces, de lierre et de chèvrefeuille en été, et de glace en hiver. Alors les glaçons, en longues aiguilles blanches, pendaient devant la caverne, et rarement l'ermite se hasardait dehors; un petit mur de pierres sèches le préservait, au fond de son trou, des courants d'air; les femmes du hameau lui portaient des pommes de terre, des pots de lait caillé, des fruits secs, enfin tout ce qu'il lui fallait pour ne pas souffrir de la faim; et les hommes, voulant conserver la paix du ménage, lui portaient de temps en temps des fagots et quelques grosses bûches, qui le préservaient du froid.

Lui ne bougeait pas et ne poussait qu'un cri nasillard :

« Dieu vous le rende!...... Dieu vous le rende! »

Il était cul-de-jatte, gros, court, flasque; il avait la tête plate et chauve, le nez camard, les joues pendantes, les yeux ronds, la bouche fendue jusqu'aux oreilles et le menton garni de petits poils follets jaunes et blancs.

Aux beaux jours d'été, il se traînait sur les genoux et les mains jusqu'à l'ouverture de son trou, sous les festons de lierre qui tapissaient la roche, et là, tranquillement accroupi durant des heures au grand soleil, il écoutait l'eau couler et les hannetons bourdonner autour de lui; son gros dos rond était revêtu d'une vieille veste de hussard, rouge brique, percée aux coudes, et ses jambes cagneuses d'un pantalon de soldat du train à fond de cuir.

Il semblait dormir, mais de quart d'heure en quart d'heure il ouvrait les yeux et bâillait lentement; on aurait dit un gros crapaud, comme il s'en trouve au printemps à l'ombre des haies humides.

Jamais on n'a vu de figure plus hideuse, mais les femmes de chez nous, parce qu'il égrenait un chapelet et qu'il murmurait des paroles confuses, le regardaient comme un saint et ne le laissaient manquer d'aucune nécessité de la vie.

Dieu sait d'ailleurs d'où venait cette espèce de monstre; la grand'mère se rappelait que du temps de la Révolution et des grandes batailles de Napoléon, l'ermite était déjà là; seulement qu'alors il vendait des allumettes, se traînant sur une béquille des Bruyères à Zornbourg, pour mendier quelques liards; qu'un jour même la gendarmerie était venue le chercher pour aller en Russie avec les autres, du temps de la comète, mais que le brigadier et le chirurgien-major, à sa vue, s'étaient sauvés en se bouchant le nez; et que depuis cette époque il n'avait fait que se sanctifier encore, ne bougeant plus du tout, ne se dérangeant plus, priant, s'extasiant en lui-même et marmottant toujours avec plus de ferveur, de sorte qu'on espérait qu'à la fin des fins il aurait le don des miracles.

Voilà ce que disait la bonne grand'mère en filant le soir; mais l'oncle accusait Yéri-Hans d'être un de ces fainéants qui vivent sur le commun, en trompant les gens par des simulations de piété hypocrite; il disait que le gueux se serait dépêché de chercher un gagne-pain plus honnête, si nos femmes n'avaient pas eu la bêtise d'entretenir sa paresse.

Or, plus l'oncle nous défendait d'aller voir l'ermite, plus nous en avions envie, et bien souvent, en quittant la charbonnière, au lieu de descendre au hameau, nous prenions à gauche le chemin de la roche, pour aller regarder Yéri-Hans au soleil dans sa caverne; nous arrivions du Hautvald directement sur le plateau, dans le plus grand silence, et nous nous tenions loin de l'ermite, penchés sur le rocher au milieu des bruyères, sans qu'il pût nous atteindre.

Nous éprouvions une sorte de satisfaction inexprimable à le contempler durant des demi-heures, comme on regarde quelque bête dangereuse à travers les grilles de sa cage.

Il était là dans la grande lumière blanche, au milieu de la verdure et des fleurs de genêts, de bruyères, de chèvrefeuille tombant de la roche, les yeux fermés et le rosaire entre les mains.

Mais il ne se mettait à prier que dans les

(1) Jean-Georges.

moments où l'on entendait quelqu'un s'approcher au loin sur le sentier des Bruyères à Zornbourg : une femme presque toujours, apportant dans son tablier des croûtes de pain, des fruits, des légumes qu'on lui réservait dans chaque ménage, pour s'attirer la protection d'en haut.

Alors ses lèvres remuaient, et après avoir reçu le présent, il criait d'une voix lamentable :

« Dieu vous le rende! »

La personne disparue, aussitôt il reprenait ses rêveries, fermant les yeux et soufflant d'un air de grande fatigue.

Quelquefois aussi, quand il nous entendait remuer au-dessus de lui dans les bruyères, sans tourner la tête, il se mettait à loucher et nous observait du coin de ses gros yeux dorés.

Il ne bougeait plus alors et ne nous quittait plus du regard.

Je me rappelle que ses yeux étaient comme fendus par une ligne noire ; cette ligne toujours braquée sur nous finissait par nous troubler, et je disais tout bas à mon frère :

« Antoine!... il nous regarde... sauvons-nous! »

Et tout à coup une peur folle nous saisissait ; nous partions comme des chevreuils, remontant la côte, bondissant par-dessus les rochers, les broussailles, grimpant, nous élançant, perdus de terreur ; et seulement au loin, bien loin, n'en pouvant plus de courir, nous faisions halte dans le sentier du Hautvald aux Bruyères, écoutant et murmurant hors d'haleine :

« Il ne vient pas! il ne vient pas! »

C'est justement cette peur qui nous attirait au même endroit; nous avions besoin en quelque sorte de cette grande, de cette terrible émotion pour nous sentir vivre : les enfants, aussi bien que les hommes, sont attirés par l'inconnu et recherchent le danger; c'est ce qui nous faisait désobéir à l'oncle Nicolas.

Ces soirs-là, nous étions encore plus fatigués qu'à l'ordinaire; nous allions dormir plus tôt, mais l'idée de l'ermite ne nous quittait plus, nous le revoyions dans nos rêves.

Hors ces journées de grande agitation intérieure, les autres jours de la semaine se suivaient sans incidents extraordinaires.

Je ne te parlerai pas de nos baignades dans la Zorne, ni de nos pêches à la main, sous les roches qui bordent la rivière, ni de la visite des lacets de grand matin au passage des grives après les vendanges d'Alsace; de la garde du bétail dans les prairies en automne, assis autour de nos petits feux, lorsque les bois commencent à prendre leurs belles teintes de rouille, que des coups de vent brusques enlèvent les feuilles mortes en tourbillons et les dispersent dans l'air, que des bandes d'oies sauvages en triangle traversent le ciel mélancolique.

Dans cette saison, une tristesse invincible vous prend; on siffle, on crie, on fait claquer son fouet, on court après les bestiaux qui s'écartent de la prairie communale ; on tâche de se dégourdir, car le temps est humide, et bientôt l'hiver sera venu, avec ses neiges et ses longues veillées où l'on se détire les bras, où l'on bâille en s'écriant :

« Encore un jour de passé! l'hiver ne finira donc jamais? »

Et le retour du printemps, les premiers bourgeons des sureaux, des peupliers, et les premiers gazouillements de l'alouette? Tout cela, tu le sais, à quoi bon t'en parler?

Mais ce qui me touche encore le plus quand j'y pense, ce que je ne veux pas oublier, c'est le souvenir du bon abbé Tony, vicaire de M. Fischer, le curé de Zornbourg, desservant de notre annexe, dans la haute montagne, arrivant tous les dimanches dire la messe au pauvre monde dans la petite chapelle de Saint-Fulbert, grimpant de sapinière en sapinière du fond de la vallée, sa vieille soutane relevée sur la jambe, le grand tricorne sur la nuque et le parapluie de grosse toile bleue sous le bras.

Il venait; la chapelle était déjà pleine de gens : le fils Toussaint sonnait à tour de bras, puis se dépêchait d'aller aider M. le vicaire à s'habiller dans la sacristie; il lui faisait ensuite les répons avec le petit Jacquin Houlotte.

M. Tony, après les évangiles, se barbouillant le nez d'une bonne prise de tabac, montait en chaire pour glorifier la venue de Notre-Seigneur Jésus-Christ sur la terre, l'adoration des mages, quand tout petit, à peine couvert de quelques guenilles, il rêvait déjà dans sa crèche au salut du genre humain.

J'entends encore le brave homme, je le vois gesticuler dans sa petite chaire rustique et s'attendrir lui-même à son discours, et les bonnes gens qui l'écoutent tout pensifs, rangés à la file dans les petits bancs de sapin ; le ciel bleu encadré dans les fenêtres en ogive ; l'horizon immense sous le portail, où se dresse la foule des humbles, attentive, recueillie, jusqu'au bas du perron : tout est là, tout revit dans ma mémoire comme un rêve des temps passés, et je m'écrie avec un fond de regret, une émotion véritable :

« *O sancta simplicitas !* »

La simplicité des gens nous donne seule des tableaux si naïfs et si poétiques. Quel malheur qu'on ne puisse pas revenir à ses premières amours !... Ce serait si agréable d'être toujours jeune et de voir au bout du compte la vie éternelle récompenser nos vertus!

Oui, cela vous trouble les yeux, rien que d'y penser.

Mais il ne s'agit pas de s'abandonner à ces douces rêveries pour le moment ; le prêche terminé, la bénédiction donnée, M. Tony venait se reposer un instant chez l'oncle Nicolas, principal notable des Bruyères, remplissant les fonctions de maire, en sa qualité de membre du conseil municipal à Zornbourg.

On causait des récoltes, du bétail, de l'aménagement des coupes, du droit d'affouage et de glandée.

Notre bon vicaire s'intéressait à tout, mais il revenait toujours sur son sujet favori, l'établissement d'une école de sœurs aux Bruyères : — Cela ne devait pas coûter bien cher, deux ou trois cents francs au plus pour une grande salle, des tables, des bancs ; les enfants apporteraient leur bûchette en hiver ; les deux sœurs se contenteraient de peu ; lui-même viendrait faire l'instruction aux grands, vers l'époque de la première communion ; ils n'auraient plus besoin de descendre à la paroisse et de revenir tard, en courant bien des dangers pendant les hautes neiges, surtout quand le vent se lève !...

L'oncle Nicolas écoutait tout, mais je crois qu'il se défiait de l'instruction que donnent les sœurs, il aurait mieux aimé un bon maître d'école ; et puis son idée à lui était de fonder chez nous un atelier pour les petites sculptures en bois, telles que tabatières, pipes, têtes de cannes et autres menus objets dans le genre de Nuremberg ; il pensait à faire venir un maître et un contre-maître de la Forêt-Noire, moyennant quelques souscriptions chez les gens riches de l'Alsace et de la Lorraine.

Souvent il avait entretenu les notables de ce projet, mais tous avaient fait la sourde oreille, ou s'étaient contentés de répondre : « Nous avons bien vécu comme ça jusqu'à présent, en sciant des planches et fendant des bûches. Ceux qui viendront après nous n'auront qu'à suivre notre exemple ; tout le monde ne peut pas être rentier ; il faut aussi des bûcherons et des schlitteurs. »

L'oncle ne renonçait pas facilement à ses idées, il espérait toujours que les notables finiraient par consentir ; mais en attendant il ne pouvait s'entendre pour l'école des sœurs avec M. Tony.

Cela ne les empêchait pas d'être bons amis ; et M. le vicaire, après avoir longtemps prêché, voyant que toutes ses raisons n'aboutissaient à rien, finissait par reprendre le chemin de Zornbourg, s'arrêtant encore à toutes les portes du hameau, demandant des nouvelles des enfants, de la femme en couches, de la santé du grand-père, qui se faisait vieux.

Les bonnes femmes, sur le pas de leur maisonnette, le petit sur le bras ou pendu à leur jupe, lui répondaient.

On causait, on regardait le ciel, pour voir s'il ferait beau le lendemain.

Quand l'orage menaçait, M. le vicaire permettait toujours d'entasser les gerbes, de rentrer le foin, quoique dimanche. Il prenait de temps en temps une bonne prise et souriait aux petits qui l'écoutaient en cercle, le nez en l'air.

On se quittait enfin, et un peu plus loin la même scène recommençait, sous un hangar, devant une grange ; ainsi de suite jusqu'au bout du village, où l'on entendait crier :

« Bonjour, monsieur le vicaire ! — Bonjour, mes amis ! »

On le regardait descendre le sentier en zigzag jusqu'au coin de la sapinière des Anabaptistes.

C'était un brave homme, un bon Français.

II

Vers la fin de l'automne 1828, l'oncle Nicolas pensa qu'il était temps de nous apprendre à lire et à écrire, pour l'aider un jour dans son commerce.

La question revenait à savoir qui se chargerait de la chose, car, sauf lui et le sabotier Gaudin, ancien sergent au 6e léger, pas un autre notable des Bruyères ne connaissait ses lettres ; ils faisaient tous leur croix au bas des marchés ou des actes qu'ils avaient à signer.

Par bonheur, en ce temps, le vieux maître d'école de Zornbourg, M. Mougeot, fut mis à la retraite sur la demande de M. le curé Fischer, qui ne lui trouvait plus assez de voix pour chanter au lutrin et lui reprochait d'ailleurs un esprit d'insoumission condamnable.

Le père Mougeot, remplacé par M. Muller, allait rester sans un liard de pension après trente-cinq ans de service, car alors on ne faisait pas de retenues sur le salaire des instituteurs; ayant perdu sa femme depuis quelques années, et ses enfants étant les uns à l'armée, les autres établis au loin, le digne homme se trouvait fort embarrassé de quitter la maison d'école, surtout à l'entrée de l'hiver.

C'est ce que M. Tony vint nous dire un dimanche après la messe, et l'oncle Nicolas, profitant de la circonstance, lui répondit aussitôt que si M. Mougeot voulait venir passer l'hiver à la maison, pour nous enseigner la lecture, l'écriture et le calcul, il serait bien reçu; qu'il serait logé, nourri, et recevrait en outre deux écus de six livres par mois pour ses peines.

M. Tony se chargea de lui communiquer ces propositions, et peu de temps après, aux premières neiges, le vieil instituteur arrivait, allongeant le pas d'un air solennel, son paquet de hardes dans un mouchoir au bout du bâton, sur l'épaule.

C'était un homme d'environ soixante ans, grand, sec, les traits mélancoliques, le nez en bec à corbin et les sourcils épais, grisonnants, lui retombant sur les yeux comme ceux d'un vieux chien de berger.

Il portait encore la culotte, les gros bas de laine et les souliers à boucles de cuivre d'autrefois, ainsi que l'immense chapeau à cornes remontant au Consulat; tout datait de loin : la culotte de velours brun était jaune aux genoux, et le grand habit bleu à basques carrées montrait la corde sur toutes les coutures; mais sa figure grave nous inspirait une sorte de respect.

Il arriva vers six heures du soir, à la nuit tombante, au moment où l'on dressait la table, courbant sa haute taille sous la porte et disant d'une voix ferme :

« Monsieur le maire, sur la recommandation de M. Tony, j'arrive prendre place à votre foyer et j'accepte vos offres pour l'instruction de vos neveux.

— Ah ! c'est vous, monsieur Mougeot, s'écria l'oncle d'un air satisfait, bon.... bon, vous n'avez qu'à vous asseoir, vous êtes chez vous. — Rosalie, débarrassez monsieur l'instituteur de son paquet; on mettra maintenant une assiette de plus sur la table. »

La grand'mère voulait donner son fauteuil à M. Mougeot, mais il la pria de rester et s'assit au bout du banc près du feu, car il faisait déjà froid en ce mois de novembre; la petite salle était pleine de fumée.

C'est à travers ce brouillard que nous vîmes pour la première fois notre maître de lecture; sa figure triste et sévère ne laissa pas de nous impressionner; nous n'étions pas autant à notre aise, en présence de ce monsieur, que dans la hutte du père Lagoulette ou du vieux Denizot.

S'étant donc assis à côté de l'oncle, le dos penché, et l'une de ses longues jambes chevauchant l'autre, il reprit au bout de quelques instants :

« Oui, j'accepte !..... Les propositions ne sont pas brillantes, mais j'accepte ! Je fais de nécessité vertu, n'ayant pas grande chance d'établissement meilleur dans ces pays ingrats et peu lettrés. Je compte aussi sur les égards qu'on doit à mon caractère et à ma profession.

— Vous pouvez y compter, » répondit l'oncle.

Et la grand'mère ajouta que M. Mougeot serait comme dans sa propre famille, qu'on l'écouterait, mais qu'il devrait enseigner aussi le catéchisme aux enfants pour la première communion.

« Cela s'entend de soi, répondit le digne homme, ma profession est d'abord de former de bons chrétiens.

— Oui ! oui ! s'écria la grand'mère, c'est cela.... d'abord.... avant tout. »

Mais l'oncle dit que le catéchisme s'apprend tout seul dès qu'on sait lire; sur quoi M. Mougeot fit l'observation que le catéchisme demande surtout de la mémoire, d'autant plus que les mystères sont des mystères, qu'on ne peut rien y comprendre et qu'il faut les accepter sans la moindre réflexion, si l'on veut être sauvé.

Il se réchauffait; ses vieux habits tout mouillés commençaient à se sécher.

Antoine et moi, dans notre coin, nous l'écoutions sans desserrer les lèvres, regardant son grand dos et son tricorne fumer devant l'âtre rouge, lorsqu'il se prit à dire :

« Mais où sont-ils, mes élèves? Que je les voie.

— Jean Claude... Antoine, s'écria la grand'mère, allons.... approchez-vous !... Les voici, monsieur le maître d'école. »

Nous étant donc approchés, M. Mougeot nous passa ses longs doigts osseux dans les cheveux, en nous regardant l'un après l'autre et disant :

« Ils se portent bien; ils ont beaucoup

couru, grimpé.... cela leur a donné bonne mine.... Mais à cette heure il va falloir se tenir assis une partie de la journée.... ce sera dur pour commencer, mais avec de la bonne volonté on arrive à tout. C'est bon, fit-il. Allez maintenant vous asseoir, nous causerons demain. »

Il parlait avec autorité, et nous obéîmes, nous regardant tout étonnés et pensant :

« C'est notre maître ! »

L'oncle trouvait cela très-bien; l'accent ferme du vieux maître d'école lui donnait pleine confiance.

La grand'mère ayant alors mis la nappe, Rosalie vint servir des grillades, car on avait tué la veille, et tout le monde se mit à table avec une satisfaction visible : M. Mougeot, à côté de la grand'mère, nous en face, l'oncle Nicolas à droite et Rosalie à gauche, jouissant tous d'un excellent appétit, surtout M. Mougeot, qui venait de grimper la côte dans les neiges et qui, peut-être, depuis longtemps, n'avait pas fait grand'chère à Zornbourg.

La cruche d'eau fraîche circulait; sur la fin du repas, l'oncle, étant allé prendre son cruchon de kirsch dans l'armoire, l'offrit d'abord à M. l'instituteur, qui en prit une gorgée pour faciliter la digestion; il claqua de la langue et s'écria :

« Oui ! tout ira bien ! »

Et me regardant :

« Comment t'appelles-tu ? fit-il.

— Jean-Claude.

— Eh bien, Jean-Claude, va me chercher mon paquet, que nous jetions un coup d'œil sur mes livres. »

Je me dépêchai d'obéir; il ouvrit le paquet sur ses genoux et dit en nous montrant trois ou quatre vieux volumes serrés entre ses hardes :

« Voici l'A B C et la grammaire. Voici la Bible et le catéchisme, et voici l'arithmétique; avec cela nous ferons notre chemin. Et voici l'histoire de Robinson Crusoé, livre instructif pour la jeunesse, qui nous apprend le respect dû aux parents et les suites déplorables de la désobéissance; vous verrez cela; le mépris des bons conseils nous conduit souvent dans une île déserte.... c'est terrible d'y penser. J'ai laissé chez mon successeur, M. Muller, à Zornbourg, d'autres ouvrages, — tels que la géographie élémentaire de MM. Meissas et Michelot, le traité raisonné d'arithmétique par M. l'abbé Borne, le traité d'arpentage et de nivellement par M. Puissant, et les principes de la géométrie par M. Lagrange, — qu'il veut bien garder jusqu'à ce que j'en aie besoin; nous les retrouverons si c'est nécessaire. »

Toute la famille regardait, penchée autour de lui; il expliquait l'utilité de ses livres; l'oncle Nicolas s'intéressait surtout à l'arithmétique, dont il comprenait très-bien les avantages.

Rosalie monta préparer la chambre de M. Mougeot, de sorte que nous arrivâmes au coup de dix heures sans nous en apercevoir et qu'on alla se coucher fort contents les uns des autres, sauf Antoine et moi, qui voyions bien d'avance que c'était fini de courir, de grimper, de garder les bêtes, et qu'il allait falloir passer à des exercices d'un genre moins agréable.

Heureusement c'était l'hiver, il aurait fallu tout aussi bien rester dans la baraque. Cette réflexion nous consolait un peu; nous faisions, comme M. Mougeot, de nécessité vertu, chose plus commune qu'on ne pense, car tôt ou tard la vie nous apprend qu'on n'est pas seulement en ce monde pour son propre plaisir, mais encore et beaucoup pour celui des autres.

III

L'hiver de 1828 à 1829 fut très-rigoureux et très-long. M. Mougeot eut non-seulement le temps de nous apprendre à lire, mais encore de nous raconter l'histoire de la création du monde en six jours; celle du paradis terrestre, où nous vîmes le danger qu'il y avait d'écouter les conseils des serpents et de manger des pommes d'un certain arbre appelé « de la science du bien et du mal »; celle du déluge universel, où Noé, sa femme, ses enfants et une paire de tous les animaux naviguaient par-dessus les montagnes, à cause de la pluie qui avait fait déborder la Sarre, la Moselle, et généralement toutes les rivières du monde, bien au-dessus du ballon d'Alsace.

Ainsi se développaient notre intelligence et notre bon sens.

Chaque matin, après avoir mangé notre soupe, quand l'oncle Nicolas, son mètre sous le bras, venait de sortir pour aller surveiller les schlitteurs et les bûcherons de ses coupes, on se mettait à l'ouvrage; le vieux maître d'école, devant le feu qui pétillait, nous montrait nos lettres pendant une bonne heure, et lorsque l'ennui nous gagnait, et que, malgré

Et tous deux, épelant. (Page 6.)

ses avertissements, tantôt l'un, tantôt l'autre bâillait en regardant les fenêtres blanches de givre, alors, refermant l'alphabet, il tirait de sa grande poche l'histoire de Robinson Crusoé, qui nous intéressait tous, la grand'mère et Rosalie autant que nous.

Mais au plus bel endroit du naufrage, au moment où Robinson s'accroche à son rocher, ou qu'il grimpe la nuit sur un arbre pour ne pas être dévoré par les bêtes sauvages, tout à coup, ôtant ses besicles et les renfermant dans leur étui d'un air chagrin, il disait :

« Je commence à me faire vieux, ma vue se trouble. Ah! si je pouvais lire, c'est alors que vous verriez des choses intéressantes; la construction de la baraque, la recherche de la poudre et des fusils à la nage sur le vaisseau naufragé, la visite dans l'île. Tenez! tâchez de vous débrouiller, moi je ne puis plus.... »

Et tous les deux, épelant, nous aidant et regardant de temps en temps la figure de Robinson, avec son parasol et sa peau de chèvre, pour reprendre courage, à force de curiosité nous avancions d'une ou deux pages.

« Oui, c'est ça, disait-il, c'est ça; mais la suite est encore bien plus belle.... Demain nous essayerons de continuer ensemble.... Rendez-moi mon livre; si nous le perdions, Dieu sait où nous en retrouverions un autre pareil; nous resterions toute notre vie sans savoir comment il est sorti de son île, ni toutes ses autres misères. »

« Si vous enfreignez mes ordres, je vous chasse. » (Page 11.)

Le père Mougeot ne riait jamais, il était toujours grave, sérieux, mais ne manquait pourtant pas d'un certain fond de malice.

Au bout d'environ quelques mois, nous arrivions à la fin du livre ; mais alors nous avions oublié bien des choses du commencement ; il fallut les recommencer, ce qui marcha bien plus vite, mais non sans peine encore.

A la troisième fois, nous le savions par cœur, et l'idée nous vint de lire la Bible de nous-mêmes, ce qui fit plaisir à M. Mougeot ; il se promenait dans la petite salle en nous écoutant et nous reprenait chaque fois que nous lisions mal un mot, nous le faisant épeler tout haut et nous en expliquant le sens.

Cet hiver si rude passa vite, ses longues journées nous paraissaient souvent bien courtes.

Nous sortions encore quelquefois prendre l'air; la grand'mère le voulait.

Dehors, les camarades nous criaient de venir tendre des sauterelles aux moineaux et aux verdiers qui tourbillonnent toujours par centaines autour des étables pendant les hautes neiges ; nous les suivions encore, mais sans rester jusqu'au soir, comme autrefois.

Outre le plaisir de se réchauffer au coin d'un bon feu, l'idée de ce que Robinson allait faire nous ramenait vite à la maison ; pour moi, j'éprouvais une véritable inquiétude au sujet de ces trois tonneaux de poudre ; cela me paraissait bien peu, dans une île déserte, exposée à la visite des sauvages. Antoine, lui, se désolait de penser que le chien devenait vieux et qu'après sa mort Robinson serait seul; il aurait voulu savoir si c'était un chien de chasse comme celui du père Denizot, ou un chien de berger à longs poils comme celui de Lagoulette; mais le livre ne le dit pas: négligence vraiment impardonnable!

Enfin voilà comment passait le temps; avec les tournées à l'étable pour regarder traire nos vaches, à la forge de maître Martin pour voir ferrer les pauvres rosses, qui revenaient souvent éclopées en cette saison de glace; avec les noix, les pommes et les pruneaux secs de la Noël, dont la petite Annette Gaudin, notre voisine, recevait toujours sa bonne part, les beignets du carnaval, l'arrivée des gendarmes déguisés en bouchers, le bâton au poing, un long pistolet sous la blouse, pour surprendre les contrebandiers, qui se dispersaient au premier cri : « Hé! ho! hé! les voilà ! » avec les quêtes de Marie Alavoine et de Jeannette Robichon, deux saintes femmes, venant toutes les semaines demander du pain, du lait, des pommes de terre, tout ce qu'on voulait, pour l'ermite en train de geler dans son trou et qu'il fallait sauver à tout prix; avec tout cela, nous approchions de mars le rude, comme on l'appelle, car souvent ce mois vous donne de la neige et de la glace quand on croit tout fini; c'est lui qui porte les derniers coups aux vieux et aux malades, déjà ranimés par l'espérance de voir bientôt fleurir les pommiers et d'entendre gazouiller les fauvettes.

En attendant, M. Tony venait régulièrement dire sa messe les dimanches; il fallait que la neige fût bien haute et le sentier bien mauvais pour l'en empêcher.

Le père Mougeot, s'étant aperçu que nous avions bonne mémoire, nous faisait apprendre les répons de la messe en latin.

Il me semble encore être à genoux devant lui et l'entendre nous dire :

« Écoutez bien, et suivez-moi mot à mot : *Introïbo ad altare Dei*, etc. C'est ça!... bon!... Maintenant, récitez seuls. D'abord, toi, Jean-Claude.... Bien!... ça marche! Maintenant toi, Antoine. Ça va très-bien.... Passons au *Confiteor*. »

Et non-seulement à la fin de l'hiver nous savions notre *Introït* et notre *Confiteor*, mais encore le *Kyrie eleison*, le *Gloria in excelsis*, enfin tout l'office divin sans fautes.

M. Tony, la première fois qu'il nous entendit, ne put s'empêcher d'embrasser le digne homme.

« Ah! mon cher monsieur Mougeot, s'écriait-il, quelle heureuse idée j'ai eue de vous faire venir aux Bruyères! au moins j'aurai maintenant des répons convenables; le fils Toussaint et le petit Jacquin Houlotte ne font que m'écorcher les oreilles avec leurs répons, dont ils avalent les trois quarts; ils me donnent des distractions, et quelquefois je ne sais plus moi-même où j'en suis. »

La grand'mère, entendant ces éloges, joignait les mains en levant les yeux au ciel; jamais elle n'avait espéré tant de gloire dans ses vieux jours.

Quant à M. Mougeot, il se promit dès lors de nous apprendre le solfége, pour chanter au lutrin; mais comme la chambre était petite et qu'on ne pouvait ouvrir les fenêtres en hiver, de chanter à trois dans un si petit espace, nous en serions tous devenus sourds; c'est pourquoi cette étude fut renvoyée au printemps.

Chose curieuse, une affection véritable nous attachait tous les jours de plus en plus au père Mougeot, qui nous avait d'abord paru si sévère; nous prenions part à tous ses chagrins, et nous épousions ses sentiments contre M. Fischer, qui l'avait privé de sa place.

Tous les soirs, lorsque l'oncle Nicolas, rentrant de ses courses, s'était débarrassé de ses gros souliers ferrés pour mettre ses sabots, qu'il avait accroché sa houppelande derrière la porte et qu'il fumait après souper son bout de pipe au coin de l'âtre, causant avec M. Mougeot de choses indifférentes, tous les soirs, au bout d'un instant, la conversation retombait sur ce chapitre; et pendant que la grand'mère s'assoupissait, que Rosalie filait en silence, nous écoutions, le coude allongé sur la table, l'oreille dans la main, avec une attention singulière.

« Oui, monsieur le maire, disait le vieux maître d'école, c'est comme cela! Cet homme me défendait d'apprendre le français aux enfants! A chacune de ses tournées, M. l'inspecteur me faisait des reproches; M. le curé Fischer était là, il souriait et paraissait même indigné de ma négligence. Et le lendemain, aussitôt M. l'inspecteur parti, il arrivait effrontément me dire :

« Vous savez.... je maintiens toujours ma défense; vous n'apprendrez aux enfants que l'allemand; je ne veux pas de la langue de Voltaire dans ma paroisse.

— Pourtant, monsieur le curé, vous avez entendu monsieur l'inspecteur?

— L'inspecteur! l'inspecteur! s'écriait-il d'un air d'indignation et de pitié, en haussant les épaules; qu'est-ce que l'inspecteur? C'est moi qui commande ici.... Vous m'entendez; si vous enfreignez mes ordres, je vous chasse.

— Mais, disait l'oncle Nicolas, je me serais plaint à l'inspecteur lui-même.

— Me plaindre!... Ah! d'abord l'inspecteur aurait cru M. le curé plutôt que moi; ensuite, s'il avait bien voulu me croire, il n'aurait rien dit, dans la crainte de perdre lui-même sa place, car M. Fischer a le bras long, il est bien avec les autorités; le préfet, le recteur, l'évêque, le ministre lui auraient donné droit sans m'écouter. Ensuite, si je m'étais plaint, M. le curé aurait commencé par me retirer tous les petits bénéfices de l'église, la place de chantre, celle d'organiste, qui ne dépendent que de lui seul. Comment vivre avec la rétribution scolaire, sans un liard en plus?... comment?... D'ailleurs, vous savez que depuis l'arrivée de S. M. Charles X au trône, l'autorisation d'enseigner est délivrée par l'évêque diocésain, qui fait surveiller les écoles, et que sur sa plainte, M. le recteur vous retire aussitôt le brevet de capacité: j'étais bien forcé de baisser la tête. »

Là-dessus suivait un grand silence; l'oncle Nicolas, homme juste, lançait quelques bouffées de fumée, tout pensif, et reprenait:

« Mais pourquoi, monsieur Mougeot, pourquoi croyez-vous que ce curé Fischer ne veuille pas du français chez nous? La langue de Voltaire!... Qu'est-ce qui connaît Voltaire, à Zornbourg, aux Bruyères, au Hautvald? Moi, j'en ai bien entendu parler par hasard à l'auberge de Mme Adler, à Sarrebourg, par M. Coll, l'avocat, ou d'autres. Mais est-ce que, même en sachant lire, les marchands de planches, les schlitteurs, les saboticrs liraient Voltaire? Ça ne me paraît pas naturel; je n'y comprends rien.

— Ah! disait alors le père Mougeot, nous arrivons à l'affaire, vous allez comprendre; il m'a fallu bien du temps aussi pour voir le fond du sac, mais j'ai compris à la fin. M. Fischer est Bavarois d'origine; son père, du temps de Louis XVI, est venu s'établir comme tonnelier à Haslach; il a fait ensuite le commerce des vins, et pendant la Révolution, quand des milliers d'autres allaient défendre la patrie, il restait tranquillement au village! C'était commode alors d'être étranger, de profiter de tout et de ne contribuer à rien.

— Comment savez-vous cela, monsieur Mougeot?

— Je le sais, parce que ma femme était de Haslach et qu'elle m'a tout raconté dans les détails. A la grande débâcle de 1814 et de 1815, M. Fischer, le père, se mit à fraterniser avec les Bavarois, ses compatriotes, pendant l'occupation; il avait gagné de l'argent, ses fils entrèrent à la maison de probation de Montrouge, il voulait en faire des jésuites. Mais n'est pas jésuite qui veut, il faut des moyens extraordinaires pour entrer dans l'ordre. Seulement, quand les supérieurs vous trouvent trop bornés et pourtant remplis de bonnes intentions, ils vous procurent un poste avantageux, ils vous nomment évêque, supérieur d'une confrérie ou quelque chose dans ce genre. Aujourd'hui le frère aîné de M. Fischer est professeur de théologie à Munich; lui n'est que simple curé à Zornbourg, c'est vrai, mais la cure est excellente. Ils ont un pied de chaque côté du Rhin; ils auront toujours une retraite assurée, sans parler des espérances de M. Fischer pour certains cas extraordinaires. Depuis cinq ans, il écrit l'histoire des comtes de Zornbourg, seigneurs de ce pays avant 89; il ne pense qu'à cette histoire, il a parcouru toutes les bibliothèques du diocèse pour déterrer les titres perdus de nos anciens maîtres, il a reformé tout leur arbre généalogique jusqu'au temps des Hapsbourg, ducs d'Alsace. Je le sais, car il me donnait ses brouillons à copier, sans m'offrir jamais un liard en récompense de mon travail; c'est même parce que je me suis permis un jour de lui représenter respectueusement la chose, qu'il m'a trouvé trop vieux à la minute et fait mettre hors de service.

— Vous m'étonnez, disait l'oncle; mais à quoi tout cela peut-il lui servir? C'est de la peine et du temps perdus.

— Oh! que non, monsieur le maire! M. Fischer n'est pas homme à perdre son temps pour rien; son idée, voyez-vous, c'est que tôt ou tard l'Alsace et la Lorraine reviendront à la maison d'Autriche.... Vous comprenez la gloire de M. Fischer, s'il pouvait dire un jour, devant l'empereur très-catholique: « Sire, voici votre troupeau, je vous le ramène tel qu'il était avant la paix de Westphalie en 1648. Je l'ai préservé de la corruption du siècle; il ne sait pas un mot de la Révolution, de l'abolition de la dîme, des corvées, du champart, etc., ni des autres abominations modernes. Il ne parle que l'allemand et ne réclame que ses anciens droits de conduire ses porcs à la glandée, de ramasser le bois mort, et d'obtenir quelques poutres, quelques bardeaux pour relever ses baraques quand elles tombent en ruine. Vous n'avez qu'à commander, sire, il vous obéira; il ne connaît que l'obéissance à notre saint-père le pape et la soumission à Sa Majesté très-catholique établie par Dieu lui-même. Les terres qu'il a cultivées, les ronces et les bruyères qu'il a défrichées sont à vous, etc.» Vous comprenez, monsieur le maire, quel triomphe ce serait pour M. Fischer, et quelles récompenses il aurait méritées! »

Pendant que le père Mougeot expliquait ces choses, la figure de l'oncle Nicolas s'allongeait.

« Mais.... disait-il en bégayant.... mais ces terres, nous les avons achetées, nous les avons payées, elles sont bien à nous, je pense.

— Oh! faisait M. Mougeot, vous croyez.... vous croyez.... mais ce n'est pas l'idée de M. Fischer, ni de bien d'autres qui lui ressemblent; eux, ils soutiennent que la nation les a volées aux maîtres légitimes, aux descendants des conquérants; qu'elle n'avait pas le droit de vous les vendre, et qu'à la première occasion favorable il faudra rétablir le pays dans son ancien état, enlever l'instruction du peuple au gouvernement et la rendre au clergé, remettre la noblesse dans ses privilèges et possessions, lui restituer tous les grades dans nos armées, toutes les dignités et honneurs, dont elle est privée par la Révolution, rebâtir les couvents, enfin tout remettre sous la domination des anciens maîtres, ce qu'ils appellent l'ordre, la justice, la soumission aux volontés de Dieu.

— Mais, s'écriait l'oncle, ce M. Fischer est donc un traître?

— Oh! non, non... à quoi pensez-vous, monsieur le maire? Il croit être envoyé du Seigneur; il croit, lui, que la justice est de tout reprendre, de dépouiller les peuples rebelles, de les remettre à la corvée; il croit que c'est la volonté de l'Éternel qu'il en soit ainsi, et qu'il fera son salut en arrangeant les choses de la sorte. Il dit : « Rendez à César ce qui est à César! » et César, pour lui, c'est Sa Majesté très-catholique, l'empereur d'Autriche.

— Ah! voilà comme il l'entend? disait l'oncle; tiens, tiens!... On s'instruit à tout âge.

— Oui, reprenait M. Mougeot au bout de quelques instants; et tenez, sans aller plus loin: votre grand pré, derrière la maison, et le bouquet de hêtres en bas, est à l'ancien couvent des Tiercelins, sans que vous le sachiez.

— Comment! s'écriait l'oncle, qu'est-ce que vous dites là?

— Sans doute, monsieur le maire; vous n'avez donc pas vu en bas, près de la source des Aunes, un vieux pan de mur couvert de mousse?

— Et qu'est-ce que ça me fait, à moi, ce pan de mur?

— Ça fait que l'ancien enclos des Tiercelins commençait en cet endroit, remontant vers le hameau et entourant tout le ban, avec la chapelle, le four banal, le parc, les remises, enfin tout. Ce sera très-facile de rétablir cette possession des anciens moines; M. le curé Fischer explique très-clairement les choses dans l'histoire des comtes de Zornbourg; il marque les tenants et les aboutissants de l'abbaye et de ses dépendances; la manière de rétablir l'ancien étang au bas de la côte, en relevant la digue, pour avoir du poisson en temps de carême; et il mentionne les redevances de chaque famille. Pour ravoir l'ordre légitime, vous n'aurez qu'à rebâtir sur l'ancien plan que M. le curé Fischer a découvert après bien des recherches, à la vieille bibliothèque de Marmoutier.

— Mais, répondait l'oncle, en ramassant une braise dans sa main calleuse pour rallumer sa pipe, qu'il laissait toujours éteindre; mais nous avons des soldats, des officiers que nous payons, qui tiennent avec la France et qui ne laisseront jamais ce tas de gueux revenir chez nous. Ce sont nos fils, nos frères, nos amis; nos biens sont leurs biens, ils défendront leurs héritages, je pense, ils suivront leur bon sens, ils ne seront pas assez bêtes pour nous laisser voler par des aigrefins qui n'ont jamais fait œuvre de leurs dix doigts et qui n'avaient tout obtenu que par des testaments abominables, en dépouillant les familles.

— Espérons-le, disait le père Mougeot, espérons que la grande masse des Français ne se laissera pas remettre sous l'éteignoir. Tout cela dépend de l'instruction de la jeunesse; les idées qu'on vous plante dans la tête de dix à quinze ans vous restent toute la vie; si l'on plante de la géométrie, il reste de la géométrie; si l'on plante des mystères, il pousse des mystères; il ne faut pas compter sur des œillets où l'on a semé des carottes, vous le savez aussi bien que moi, monsieur le maire, et les Fischer le savent aussi; ils veulent semer dans la cervelle des enfants ce qui leur convient, à eux, ce qui doit leur rapporter de beaux bénéfices, et non pas ce qui nous convient, à nous. »

L'oncle ne disait plus rien, il restait rêveur jusqu'au moment d'aller se coucher.

Ces conversations sous le manteau de la cheminée me frappaient d'autant plus qu'il n'était alors question que de pèlerinages et d'expiations pour le *crime de vingt-cinq ans!* et je me suis dit cent fois par la suite que si notre heureuse chance n'avait pas amené chez nous le père Mougeot, mon frère et moi nous serions restés aussi nuls, aussi bornés que les enfants de la montagne, et qu'au lieu de m'être acquis une certaine aisance, je serais sans doute encore à fendre des bûches et à suer sang et eau pour gagner le misérable morceau de pain de chaque jour, comme les camarades.

Voilà ce que fait l'instruction, et la différence qu'il y a d'entendre raisonner dans sa jeunesse des gens d'expérience et de bon sens, ou de pauvres crétins.

IV

Tout cet hiver était enfin passé, la fête des Rameaux aussi; la grand'mère et Rosalie avaient fait leurs pâques, lorsque M. Tony vint nous prévenir que la préparation à la première communion allait commencer, que M. le curé Fischer ouvrirait bientôt son instruction, et que, malgré les bonnes leçons de M. Mougeot, il nous faudrait encore au moins une année de catéchisme avant d'être admis à la sainte table.

L'oncle Nicolas, bon catholique, s'écria donc un beau matin, après déjeuner, que nous allions partir pour la paroisse, qu'il voulait nous présenter lui-même à M. le curé; la grand'mère se dépêcha de nous mettre nos habits des dimanches, et nous prîmes ensemble le chemin de Zornbourg.

Tous les détails de cette journée me sont restés présents à la mémoire, non-seulement à cause de l'impression grandiose que nous fit la vieille bourgade, où nous entrâmes vers onze heures, et de l'étonnement que me causèrent ses hauts pignons, ses hangars, deux fois plus grands que les nôtres, ses deux scieries, et son antique clocher couvert d'ardoises, où tourbillonnait une volée de corneilles, mais encore et surtout à cause de ce qui suivit.

J'avais à peine alors onze ans, tout attirait mon attention et me donnait à réfléchir.

Au milieu de la grand'rue, en face d'une fontaine où s'abreuvait en ce moment quelques vaches, conduites par des servantes en jupes rouges, qui me produisaient l'effet de princesses, dans l'ombre de l'église, se trouvait le presbytère, jolie maison blanche à persiennes vertes, entourée d'un grillage également peint en vert.

Antoine et moi nous ouvrions de grands yeux, n'ayant jamais rien vu d'aussi beau, lorsque l'oncle, à la porte du grillage, se mit à sonner en tirant un pied-de-biche et nous dit :

« C'est ici, vous n'oublierez pas d'ôter votre bonnet en entrant; et toi, Jean-Claude, commence par te moucher, puisque la grand'mère t'a mis un mouchoir dans ta poche. »

Ce que je fis avec empressement.

Et là-dessus une grosse servante brune et joviale, en cornette et tablier blanc, vint nous ouvrir; elle comprit tout de suite ce dont il s'agissait :

« Monsieur le curé vient de rentrer, mais il est à table.

— Oh! cela ne fait rien, dit l'oncle; ce n'est que pour lui montrer les garçons et lui demander quand il faudra venir.

— Ah! si c'est cela, vous pouvez entrer. »

Nous la suivîmes à travers un petit jardin potager, dans l'allée de la maison en face, admirant les grands rideaux verts des fenêtres.

L'oncle, dans l'allée, frappa deux petits coups à une porte, et quelqu'un nous cria de l'intérieur :

« Entrez! »

Nous avions déjà notre bonnet à la main; l'oncle ouvrit, et nous vîmes en face de nous, à table, au milieu d'une haute chambre boisée de chêne, monsieur le curé qui mangeait sa soupe et qui s'était un peu levé pour nous saluer. Mais à notre vue il se rassit aussitôt en disant : « Ah! » comme s'il avait eu tort de se déranger pour nous.

C'était un homme grand, le nez droit et fin, les cheveux roux frisés, la soutane serrée à la taille, l'air solide, bien portant.

« Bonjour, monsieur le curé, lui dit l'oncle.

— Bonjour! » fit-il brusquement, en finissant sa soupe sans lever les yeux.

Et comme la servante rentrait avec un plat de nouilles et du poisson, car c'était vendredi :

« Victoire, dit-il, votre soupe était mauvaise. »

Il n'ajouta pas un mot et se mit à couper le poisson avec une cuiller, sans faire plus attention à nous que si nous n'avions pas été là, de sorte que l'oncle, au bout d'un instant, reprit :

« Je vous amène mes neveux pour la première communion, monsieur le curé; M. Tony nous a prévenus que l'instruction commençait dans quelques jours, et...

— Écoutez, interrompit alors le curé, il m'est revenu que vous avez recueilli chez vous le nommé Mougeot, ancien instituteur, renvoyé par moi l'année dernière; savez-vous quel est cet homme? »

L'oncle regardait sans répondre.

« C'est un être dangereux, dit le curé, un individu aux idées subversives, savez-vous cela?

— Qu'est-ce qu'il a fait? demanda l'oncle, très-calme.

— Il s'est permis, le misérable, de blâmer, et cela plus d'une fois, celui qui le payait largement, trop largement pour ce qu'il valait. Cet homme ne doit pas rester au pays!...

— C'est un vieillard, dit l'oncle, il faut donc qu'il meure de faim?

— Qu'il s'en aille au ... » s'écria le curé, mais il retint sa langue.

Puis, se calmant et mangeant, il reprit :

« Vos garçons savent-ils le catéchisme?

— Oui, monsieur le curé.

— Quel catéchisme?

— Celui du diocèse.

— Allemand ou français?

— Français. »

M. le curé se tut; il nous laissait là sans même nous offrir une chaise, quand on se remit à sonner, mais de l'autre côté du jardin, sur la cour.

Il paraît que la servante était à la cave ou ailleurs; et comme on sonnait pour la troisième fois, M. Fischer indigné se leva, jeta sa serviette sur le dos de sa chaise et sortit pour ouvrir lui-même.

Au fond de l'allée, nous l'entendîmes demander d'un ton brusque :

« Qui êtes-vous?... Que voulez-vous?... On n'aura plus une minute à soi! On ne pourra plus manger son potage tranquillement? Voyons... qu'avez-vous à me dire?

— Je viens, monsieur le curé, dit une voix tremblotante, je viens vous demander de dire des messes pour le repos de mon pauvre défunt, et... »

Aussitôt la voix de M. Fischer changea.

« Ah! ma bonne femme... Ah! c'est bien... c'est bien! faisait-il d'une voix tendre, traînante; entrez... entrez!... »

C'était une vieille grand'mère habillée de noir; M. le curé, lui présentant une chaise, dit :

« Asseyez-vous, ma bonne mère... Asseyez-vous! »

Il s'assit lui-même à son secrétaire et ouvrit un registre en demandant :

« Combien voulez-vous de messes?

— Six, monsieur le curé.

— Six messes, fit-il en écrivant, à trente sous la messe... ça fait neuf francs juste... c'est ça... c'est bien ça! »

La bonne femme mit les neuf francs au bord du secrétaire; il les prit en comptant et les plaça dans un tiroir.

« Tout est bien, » fit-il.

La bonne vieille voulut demander quelque chose, mais elle parlait difficilement, de sorte qu'il lui dit encore :

« C'est bien!... Je vous entends... Ne vous inquiétez de rien. »

Puis, pendant qu'elle sortait en saluant, il vint se rasseoir et continua son plat de nouilles, sans nous parler plus qu'avant.

L'oncle Nicolas, qui n'avait pourtant pas grande patience, restait là debout; il allait dire quelque chose et commençait à tousser selon son habitude, lorsqu'une voiture superbe passa devant les fenêtres, une voiture attelée de deux chevaux, et M. le curé, regardant, dit tout bas :

« Madame de Breinstein? »

Il se dépêcha d'avaler un verre de vin, de s'essuyer la bouche avec la serviette, et sortit en disant à l'oncle :

« Je fais mon instruction en allemand! Vous pensez bien que, pour vos deux garçons, je ne vais pas faire mon instruction en français, devant cinquante autres qui n'y comprendraient rien... Qu'ils apprennent l'allemand! »

Et précipitamment il sortit dans la cour, où la voiture venait de s'arrêter.

Une dame en descendait; lui, faisait de grands saluts.

Nous sortîmes, traversant le jardin, et nous reprîmes le chemin des Bruyères.

L'oncle Nicolas n'avait pas l'air content; il allait devant lui tout pensif, sans tourner la tête.

Mon frère et moi, tout en galopant derrière lui, nous rêvions comme des enfants à ce que nous venions de voir et d'entendre : à la belle maison du curé, à la dame, aux beaux chevaux attelés à sa voiture; tout était nouveau pour nous; et comme nous approchions de la sapinière des Anabaptistes, à mi-côte, l'oncle, ralentissant le pas, nous dit en souriant :

« Eh bien, Jean-Claude, Antoine... puisque M. le curé veut que nous apprenions notre catéchisme en allemand, nous l'apprendrons. Nous savons déjà le patois alsacien et lorrain, comme tout le monde, nous saurons le bon allemand de la Saxe, de la Bavière... ça ne sera pas mauvais pour régler nos comptes, en flottant les bois du côté de Saarbrück et de Trèves. Mais nous ne renverrons pas M. Mougeot... Oh! non, je vais au contraire lui donner quatre écus de six livres au lieu de deux par mois, pour qu'il vous apprenne à bien compter, à bien mesurer, à bien écrire en français. Je veux que vous deveniez des hommes, que vous en sachiez plus que moi ; car moi, je n'ai pas reçu d'instruction, le grand-père n'était pas riche, il ne pouvait pas m'acheter des livres, ni payer un savant comme M. Mougeot, pour m'aider à comprendre. Je n'ai pas eu de chance ; vous en avez... tâchez d'en profiter. »

Un peu plus loin, il nous dit encore que c'était malheureux d'apprendre sa religion chez un Bavarois, mais que M. Fischer pouvait seul nous admettre à la sainte table, et que cela ne nous empêcherait pas d'être de bons Français et de recevoir les kaiserlicks et les Tiercelins leurs amis à coups de fusil, s'ils venaient pour nous dévaliser et réclamer nos biens.

Toutes ces choses nous paraissaient simples et naturelles, et, continuant à marcher, nous arrivâmes vers une heure à la maison, où se trouvait par hasard M. le vicaire, qui revenait d'enterrer quelqu'un au Hautvald.

La vue de M. Tony rendit à l'oncle toute sa mauvaise humeur.

« Ah! monsieur le vicaire, s'écria-t-il, je suis content de vous voir; nous arrivons de chez votre curé Fischer, qui nous a reçus comme des hérétiques. »

M. Tony était tout ému; le père Mougeot, assis près de la fenêtre, dressait l'oreille; la grand'mère dans sa cuisine écoutait aussi, et l'oncle, accrochant son feutre au clou du mur, reprit :

« Oui, ce monsieur ne nous a pas même offert une chaise, il a mangé sa soupe et son plat de nouilles, sans même lever les yeux sur nous ; il a fini par me reprocher d'avoir reçu M. Mougeot ici présent, et nous a déclaré qu'il fallait savoir l'allemand pour suivre son instruction religieuse; que les garçons devaient apprendre leur catéchisme en allemand. Il paraît donc que l'allemand est la langue du pays, ou que la religion est bavaroise, autrichienne... Qu'est-ce que ça veut dire? Sommes-nous catholiques et Français, oui ou non? Ou faut-il se faire Italien, Bavarois, pour être sauvé? »

L'oncle, ordinairement sérieux, ricanait, et tous les autres restaient bouche béante.

« Monsieur le maire, disait le vicaire, tâchant de l'interrompre, il ne faut pas juger... Vous savez, il est écrit : « Tu ne jugeras point. » Notre-Seigneur lui-même...

— Oui... oui!... s'écria l'oncle; je sais que vous êtes un brave homme, vous! un bon chrétien, un bon Français... aussi vous ne serez jamais évêque, ni cardinal, ni pape, ni général des jésuites... je le sais; mais savez-vous ce que je pense de M. Fischer? Je pense qu'il n'est ni Français, ni Allemand, ni Anglais, qu'il est de ceux qui n'ont point de patrie, qui nous prêchent la religion, la vie éternelle, l'amour de Dieu, la charité, le renoncement aux faux biens de ce monde, l'humilité chrétienne, et qui n'en croient pas un mot. Ceux qui croient tout ce qu'ils disent, comme vous, prêchent d'exemple ; les autres sont des menteurs et des hypocrites.

— Oh! oh! oh! monsieur le maire... oh! oh!... s'écriait le bon vicaire, désolé. Croyez bien que vous vous trompez!... Ne jugeons point sur les apparences, si nous ne voulons pas être jugés. »

La consternation était peinte sur toutes les figures; le père Mougeot seul, le nez en l'air et le grand chapeau à cornes penché sur l'oreille, clignait de l'œil et semblait dire : « A la bonne heure... voilà ce qui s'appelle parler!... Pourquoi l'autre n'est-il pas là pour entendre ses vérités? »

« Mon Dieu! s'écriait M. Tony, il faut toujours considérer le rang, la position des gens, pour les excuser quand ils ont l'air d'avoir des torts. M. Fischer, d'une grande famille, est un peu sec, un peu fier, mais dans le fond, croyez-moi...

— D'une grande famille! dit l'oncle; mais il est le fils d'un tonnelier de Haslach ; si c'est là qu'il a pris des habitudes d'orgueil et de fierté, il avait de bonnes dispositions. »

Le pauvre M. Tony, à cette réponse, n'y tint plus.

« Ah! c'est assez.... assez, fit-il en s'en allant. Nous causerons plus tard, quand vous serez plus calme, plus juste... »

Et l'oncle, le suivant sur la porte, se mit à lui dire :

« Pardon, monsieur le vicaire, vous savez bien qu'il ne s'agit pas de vous... cela ne vous regarde pas... au contraire...

« Je vous amène mes neveux pour la première communion. » (Page 11.)

— C'est bon... c'est bon, répétait le brave homme; je ne vous en veux pas, mais vous m'avez fait bien de la peine. »

L'oncle, rentrant plus calme et même attendri, murmurait :

« Ah ! s'ils étaient tous comme celui-ci... on n'aurait pas besoin de miracles pour ressusciter la foi!... Mais, avec des messieurs Fischer, c'est un véritable miracle de rencontrer des gens qui croient encore à quelque chose. »

M. Mougeot alors, tirant sa vieille tabatière d'écorce à queue de rat et prenant une bonne prise, s'écria :

« Je savais bien qu'il faudrait apprendre l'allemand pour faire notre première communion... c'était écrit... mais on va s'y mettre courageusement, et, dans quelques mois, M. le curé Fischer n'aura plus rien à réclamer. »

V

Quelques jours après cette visite au presbytère, commençait l'instruction religieuse, ainsi que M. Tony nous l'avait annoncé, et, malgré notre ignorance de l'allemand, nous partions tous les matins, entre sept et huit heures, pour Zornbourg, mon frère et moi; la grand'mère nous éveillait, elle avait mis dans notre petit sac de toile un bon morceau de pain bis et quelquefois des pruneaux secs, une grosse pomme, des noix pour notre dé-

Et l'élevant avec effort au-dessus de ma tête. (Page 20.)

jeuner, que nous faisions toujours en marchant.

D'autres enfants du hameau, Pierre Orillot, Annette Gaudin, la fille du sabotier, Rosine Médard du Chêne-Fendu, Louis Huttin, toute une troupe d'enfants de dix à douze ans, allaient à l'instruction pieds nus.

Les petites filles seules avaient des sabots, mais, pour être plus à l'aise, elles les portaient dans leurs petits paniers avec les provisions.

Moi, je prenais toujours dans mon sac les sabots, le pain et les fruits d'Annette Gaudin.

« Donne-moi ça, lui disais-je, ça te gêne... Va... cours, Annette... amuse-toi! »

D'autres faisaient de même pour leurs voisines Rosine Médard ou la petite Zalie Houlotte; chacun avait sa préférée...

Et l'on allait, on sifflait, on riait, excepté sous la roche de l'ermite Yéri-Hans, dont l'ombre couvrait le sentier au tournant de la source des Anabaptistes.

Nous connaissions tous cette roche, dont la cime rouge couverte de ronces dépassait les plus hauts sapins, et l'on se disait tout bas :

« Il est là... dans le fond du taillis!... il nous écoute... il nous regarde!... »

Plusieurs l'avaient vu de loin, et tous en avaient peur.

Mais la roche dépassée de quelques cents pas, on revenait à sa bonne humeur.

En cette saison de fraises et de myrtilles,

on grimpait à droite, à gauche, dans les fourrés touffus, à la cueillette; on s'aidait les uns les autres.

Annette m'offrait ses fraises.

« Non! non! mange ça, lui disais-je; ça vaudra mieux. »

Mais elle le voulait, et quelquefois j'acceptais.

Oh! je l'aimais bien!... Je la soutenais contre tous.

Un jour que Louis Huttin voulait la barbouiller avec des myrtilles, je courus après lui; il sautait comme un cabri dans les bruyères, mais je l'eus bientôt rattrapé, et je le noircis tellement qu'il lui fallut plus d'un quart d'heure pour se laver à la source des truites, en bas, avant d'entrer au village.

Toute la bande disait : « Jean-Claude est le plus fort! » et j'en étais fier.

Annette, quand d'autres la poursuivaient, m'appelait au secours : « Jean!... Jean!... » d'une voix si perçante qu'on l'entendait jusque dans la vallée.

Et je partais comme une flèche, je bousculais l'autre.

Annette alors se pendait à mon bras, et nous redescendions du talus ensemble tout réjouis.

Elle était petite et brune... brune comme une brimbelle, vive, hardie... et, il faut bien le dire, un peu taquine avec les camarades, parce que j'étais là pour la soutenir.

Elle avait la langue bien pendue, mais pas à l'instruction, car elle ne savait jamais ses leçons, et j'aurais souvent voulu répondre à sa place.

Antoine, lui, plus jeune que moi de deux ans, n'avait pas encore d'amie; il courait en avant, soulevant la poussière du sentier en galopant et criant : « Hé! ho! hé! » pour faire répondre les échos.

Enfin toute notre bande arrivait ainsi au fond de la vallée, près du ruisseau des Deux-Scieries, et les petites filles remettaient leurs sabots après s'être lavées, lissé les cheveux et avoir redemandé leurs paniers aux garçons, qui ne voulaient pas les rendre.

Ceux de Zornbourg et des environs remplissaient déjà les bancs près du chœur; ils nous regardaient venir et murmuraient :

« C'est ceux de Bruyères qui sont les derniers! »

Alors la messe était dite; sauf quelques vieilles qui ne quittaient jamais leur place et priaient les mains jointes, et nous, l'église était déserte.

On attendait en causant tout bas; M. le curé Fischer, sur les dix heures, venait enfin, grave et solennel, son tricorne sous le bras, la calotte de velours noir sur la tonsure.

Il entrait dans la sacristie, après avoir plié le genou devant l'autel, et en ressortait sans tricorne, regardant, comptant des yeux si tous y étaient, et commençant enfin par les récitations.

Les premières fois, c'était toujours mon frère et moi qu'il interrogeait d'abord, et comme nous n'avions pas encore l'habitude de l'allemand, nous étions embarrassés de répondre; il nous traitait d'ânes, disant que les derniers du village en savaient plus que nous, et qu'il faudrait nous remettre jusqu'à vingt ans.

Je devenais rouge, et le pauvre Antoine, baissant la tête, ne pouvait s'empêcher de pleurer.

Aussi, avec quelle ardeur, revenus à la maison, nous étudiions l'allemand! Le père Mougeot, auquel nous racontions notre malheur, disait :

« Ce n'est rien!... Attendez un peu... attendez... et nous verrons si vous ne passez pas les premiers dans quelques mois... Continuez d'avoir du courage, et tout ira bien... j'en réponds! »

Il nous apprenait les déclinaisons, les conjugaisons, les verbes irréguliers, sans se presser; le catéchisme, que nous savions en français, nous aidait à comprendre l'autre, et vers l'automne nous les savions tous les deux par cœur.

Mais alors M. Fischer, n'ayant plus de reproches à nous faire, ne nous interrogeait plus; il savait que l'oncle, au lieu de renvoyer M. Mougeot, le payait bien pour nous enseigner la langue de Voltaire, cela le vexait.

Peut-être avait-il encore d'autres raisons de se montrer sévère à mon égard; souvent, en nous expliquant les mystères, il s'arrêtait brusquement et me criait :

« Jean Bruant... baisse les yeux! »

J'obéissais, mais un instant après je les relevais malgré moi, car j'ai toujours eu l'habitude de regarder les gens en face.

Il s'arrêtait alors et me regardait à son tour avec indignation.

Je détournais la tête.

« Toi, disait-il, c'est le démon d'orgueil qui te possède!... Mais je briserai ton orgueil!... Tu m'entends? Je le briserai! »

Paroles étranges à un enfant et qui montrent que M. Fischer aimait l'humilité des autres.

Quoi qu'il en soit, pour en revenir à nos promenades de Bruyères à Zornbourg par la forêt, c'est le temps de la vie qui m'a laissé les plus riants souvenirs.

Une fois soulagés de l'instruction, quel bonheur de se remettre en route et de n'avoir plus à s'inquiéter de rien!

L'année était belle, la chaleur extraordinaire, surtout de onze heures à midi, moment où le soleil ne donne plus d'ombre qu'au pied des grands arbres.

Alors tout se tait : les oiseaux dorment la tête sous l'aile comme à minuit; les grillons et les cigales mêmes, avides de chaleur, cessent de chanter.

Vous écoutez au loin et vous n'entendez plus que le bou-hou immense, indéfinissable, des vallées profondes, pleines du bourdonnement des eaux souterraines et des rivières.

Mais le silence absolu n'existe qu'en hiver, quand les fleuves se couvrent de glace et que la sève même des arbres semble suspendue.

Si je te parle de cette impression étrange, c'est qu'un de ces jours-là nous eûmes, Annette et moi, une émotion terrible.

Les camarades avaient grimpé plus vite que nous; Annette, appuyée sur mon bras, n'en pouvait plus...

« Oh! que j'ai chaud, disait-elle, que j'ai chaud! »

A chaque tournant où venait un peu d'ombre des roches voisines, elle murmurait :

« Attends un peu, Jean... attends que je reprenne haleine. »

Elle défaisait son petit mouchoir pour respirer.

Et en face de la roche de Yéri-Hans, d'où descendait un filet d'eau sur la mousse, nous fîmes halte, buvant dans le creux de la main.

Cela nous ranima; alors Annette écoutant, les yeux en l'air, dit :

« Est-ce que tu as vu l'ermite, toi? Moi, je ne l'ai jamais vu.

— Oh! lui répondis-je, il n'est pas loin d'ici... mais il ne peut pas marcher; il n'a que des jambes toutes tordues et se traîne comme une limace.

— Il ne pourrait pas courir après nous, Jean?

— Oh! non... il mettrait deux heures pour faire quatre pas. »

Et je riais.

Elle, les yeux levés, écoutait toute réveillée. Et tout à coup elle me dit :

« Eh bien, allons le voir... Tu n'as pas peur, n'est-ce pas?

— Moi, lui dis-je en me redressant, je n'ai jamais peur... C'est bon pour les femmes d'avoir peur... Je n'ai peur de rien. »

Cela ne m'empêchait pas d'éprouver une certaine émotion et de prêter l'oreille vers le taillis, croyant entendre arriver Yéri-Hans.

« Eh bien, fit-elle, allons voir.

— Je veux bien, oui, je veux bien, Annette; mais il faut passer par là, derrière, autour du rocher; nous regarderons d'en haut, nous le verrons mieux, et puis... il ne pourra pas grimper.

— Oui! oui! »

Et tout de suite ses fatigues furent oubliées; la curiosité des femmes est dix fois plus grande que la nôtre.

Moi, ayant dit que je n'avais jamais peur, je n'osai refuser, seulement je la prévins de marcher doucement, et nous commençâmes à monter un étroit sentier plein de feuilles mortes de l'année précédente, faisant un grand détour pour arriver sur la roche.

De temps en temps je m'arrêtais, et nous écoutions.

« Nous ferions peut-être mieux, Annette, lui disais-je tout bas, d'y aller un autre jour.

— Non! non! maintenant nous sommes presque en haut... Allons, Jean! allons! »

Elle me prenait par le bras.

J'étais si fier de sa confiance, qu'à la fin je n'hésitai plus; et une fois sur la roche, au milieu des hautes bruyères, je la conduisis à la faille où Antoine et moi nous avions été dix fois.

« Tiens, regarde, lui dis-je; il est là... Tu le vois?

— Oui! oui! faisait-elle si bas que je pouvais à peine l'entendre. Oh! qu'il est laid!... Oh! Jean! oh!

— Ne bouge pas... il dort... s'il nous entendait, il s'éveillerait... et... »

Comme je disais cela, les yeux jaunes de l'ermite s'ouvraient lentement; il se mettait à loucher, regardant Annette comme il nous avait regardés mon frère et moi, d'abord sans bouger; mais au bout de quelques secondes, ses traits repoussants s'animèrent.

Annette avait posé sa main sur mon épaule et me disait :

« Oh! oh! il me regarde..... sauvons-nous!... »

Et comme j'allais lui répondre : « Oui, sauvons-nous! » l'ermite se mit à crier :

« Attends... attends... belle petite vierge... ton serviteur Yéri-Hans arrive !... »

A peine avait-il dit cela, qu'Annette, poussant un cri, répéta tout haut :

« Sauvons-nous ! »

Je la pris par la taille pour l'enlever, mais le monstre alors, se levant sur ses genoux et grimpant à quatre pattes le sentier autour de la roche, criait :

« J'arrive !... j'arrive !... »

Il sautait, chose incroyable, à la manière des crapauds.

Annette venait de tomber comme morte ; moi, je sentais mes cheveux se dresser sur ma tête. Mais je suis encore content de penser aujourd'hui que l'idée ne me vint pas une seconde de me sauver en abandonnant Annette, je me serais plutôt battu corps à corps avec Yéri-Hans.

« J'arrive !... j'arrive !... répétait-il. Attends, belle petite vierge !... »

Mais alors, ramassant des deux mains une grosse pierre qui se trouvait là dans la mousse et l'élevant avec effort au-dessus de ma tête, je la lançai sur les reins du monstre, qui parut se dégonfler et s'affaissa comme un reptile qu'on écrase.

En même temps, il poussait un jurement horrible : un de ces jurements allemands qui n'en finissent plus et qu'aucune langue civilisée ne saurait rendre, et il roulait en trébuchant jusqu'au pied de la roche.

Moi, relevant Annette évanouie, je l'enlevai, courant avec une force et une agilité inconcevables pour mon âge. Et loin... bien loin, dans le sentier de Bruyères au Hautvald, je la déposai près du petit ruisseau des Bergeronnettes.

J'écoutai... rien ne bougeait aux environs ; aucun bruit n'arrivait à nous de la vallée.

Annette était toute blanche, je lui donnai à boire dans la visière de ma casquette, et seulement au bout de deux ou trois minutes, exhalant d'abord un grand soupir, elle parut se réveiller.

Puis, me regardant, elle se mit à sangloter comme une enfant qu'elle était, en me demandant :

« Il ne viendra pas, Jean-Claude ?

— Non ! sois tranquille, je lui ai jeté une grosse pierre ; il ne peut plus remuer, va !

— Oh ! Jean-Claude, s'écria-t-elle en m'entourant le cou de ses bras, oh ! que je t'aime maintenant ! Mais il ne faudra rien dire à personne.

— Non ! lève-toi et courons !... courons ! car il doit être midi, et si nous arrivons trop tard pour dîner, on voudra savoir d'où nous venons. »

Là-dessus, sans autre réflexion, je la pris par la main, et nous nous mîmes à courir jusqu'au hameau. Annette rentra dans leur maison et moi dans la nôtre.

L'oncle Nicolas, en retard comme presque tous les jours, n'était pas encore revenu de ses coupes ; la grand'mère, pensant que j'avais couru le village depuis mon retour de l'instruction, ne me dit rien ; Antoine s'amusait aux environs avec les camarades, et l'oncle étant enfin arrivé, on se mit à table, et je dînai d'aussi bon appétit que si rien ne s'était passé.

VI

Je croyais tout fini, et je me promettais de rire avec Annette de la mine que devait faire l'ermite, lorsque vers une heure, au moment où l'oncle Nicolas prenait son mètre derrière l'horloge pour retourner à la charbonnière, entre tout à coup Marie Alavoine, toute pâle, ses cheveux gris défaits et l'air désolée, criant :

« Monsieur le maire ! monsieur le maire ! »

Cinq ou six autres femmes et des enfants qui la suivaient remplissaient notre chambre, et tout de suite l'idée me vint qu'il allait être question de Yéri-Hans.

« Monsieur le maire ! répétait Marie Alavoine, ne pouvant en dire plus, tant l'émotion l'étouffait.

— Eh bien, quoi ? fit l'oncle, quoi ? Est-ce que le feu est quelque part ?

— Ah ! c'est bien pire, monsieur le maire... notre ermite... notre pauvre ermite a été lapidé ! Il n'en reviendra pas, le saint homme ; il ne pourra jamais en revenir.

— Lapidé ! s'écria l'oncle. Est-ce qu'on lapide encore de notre temps ? C'était bon pour les Juifs de lapider les faux prophètes et les femmes de mauvaise vie ; une pierre de la roche lui sera tombée sur le dos ; c'est une vieille roche toute pourrie, et...

— Non ! non ! il a été lapidé !... cria la vieille ; lapidé par le diable.

— Par le diable ! Me prenez-vous pour une bête ? dit l'oncle, en la regardant de travers.

— Oui ! oui ! par le diable ! lui-même il le dit. »

Elle s'exaltait, et les autres gens venus chez nous s'indignaient de voir l'incrédulité de l'oncle.

La grand'mère elle-même disait que l'esprit des ténèbres avait déjà fait des coups pareils, que ce ne serait pas la première fois.

« Vas-y, Nicolas ! disait-elle ; vas-y !

— C'est bon, fit-il à la fin de mauvaise humeur, j'y vais, mais commencez par évacuer la maison, vous autres ; on n'a pas besoin de vous ! Je vais prendre le voisin Gaudin et Baptiste Lagoulette pour dresser le procès-verbal. »

Il sortit, la foule le suivait, Antoine courait sur ses talons ; mais, quant à moi, je me gardai bien d'aller à la roche, Yéri-Hans aurait pu me reconnaître ; il valait mieux rester, et c'est ce que je fis.

« Tu ne vas donc pas voir l'ermite ? me demandait M. Mougeot en souriant.

— Non ! j'aime mieux prendre une leçon d'arithmétique.

— A la bonne heure, dit le brave homme. Je reconnais maintenant, Jean-Claude, que tu as le goût de la science ! Eh bien, prends la craie et l'éponge, monte au tableau, et commençons. »

Jamais peut-être M. Mougeot n'avait été plus content de moi ; pourtant j'éprouvais de grandes inquiétudes au sujet de Yéri-Hans, à chaque instant je regardais par notre fenêtre, ouverte sur la vallée, si rien d'extraordinaire n'arrivait.

L'oncle Nicolas et le père Gaudin, entourés d'une foule de monde, étaient descendus à la caverne de l'ermite, et, depuis deux heures, personne ne remontait le sentier : il se passait là-bas des choses graves, j'en étais tout troublé, et cependant cela ne m'empêchait pas de chiffrer et de répondre à la satisfaction de mon maître.

« Bon ! disait-il, tout va bien. »

Et vers les quatre heures, au moment du repos, étant sorti, j'aperçus Annette sur la porte de leur jardin, qui regardait de notre côté.

Je lui fis signe de venir dans l'allée des Sureaux, derrière leur baraque ; elle me comprit tout de suite, et là, nous pûmes nous entendre.

« Tu sais, lui dis-je, que l'ermite est assommé.

— Oui ! oui ! fit-elle tout bas, en regardant à droite et à gauche.

— Il ne faut rien dire, Annette, nous irions en prison tous les deux.

— Oh ! oh ! fit-elle ; sois tranquille, je ne dirai rien.

— Oui, mais on nous appellera peut-être... il faudra répondre...

— Je dirai non ! non ! fit-elle. Ne crains rien, Jean-Claude... ne crains rien... ils ne sauront pas que c'est nous.

— Tu me le promets, Annette ?

— Oh ! s'écria-t-elle en m'entourant le cou, oh ! n'aie pas peur ! »

Je me sentis rassuré par la bonne embrassade d'Annette ; elle avait les larmes aux yeux, et je voyais qu'elle m'aimait bien.

« Oui, lui dis-je, mais à confesse comment faire ?

— Moi, dit-elle, je me confesse toujours chez M. Tony, et j'arrive toujours la dernière, quand les autres ont passé et qu'il commence à s'endormir ; alors, quand j'entends qu'il ronfle un peu ou qu'il prend une prise pour s'éveiller, en faisant beaucoup de bruit, je lui dis bien vite mes plus gros péchés ; il n'entend plus rien et dit : « C'est bon... c'est bon, mon enfant. »

— Tu as donc de gros péchés, Annette ?

— Oui, la gourmandise ; je suis très-gourmande, et puis je suis aussi glorieuse : j'aime à me regarder dans mon miroir durant des demi-heures, à me faire des mines. Et quand je peux attraper une pomme au jardin ou une poire, je l'attrape toujours. »

Elle riait.

« Moi, lui dis-je, j'aime mieux ne pas me confesser.

— Oh ! à quoi penses-tu, Jean-Claude ? Ceux qui ne se confessent pas ne peuvent pas se marier.

— Qui t'a dit ça ?

— Eh ! mon père ; il ne voulait pas se confesser, mais à cause de ma mère, pour l'avoir, il a consenti à la fin des fins. Fais comme moi ; tu verras, dans huit jours M. Tony viendra, il nous confessera tous ; les derniers n'ont jamais de pénitence, parce qu'il dort. »

J'allais lui répondre, mais, apercevant au bout de la haie un bonnet qui s'approchait, il fallut se séparer bien vite, courant chacun à sa baraque.

Le père Mougeot, me voyant entrer, dit :

« Allons... tout a bien marché... continuons ! »

Mais un quart d'heure après, regardant par la fenêtre, nous vîmes au loin toute la bande descendue à la roche de l'ermite, remonter le sentier ; l'interrogatoire était fini, nous allions apprendre du nouveau.

M. Mougeot lui-même, fort intrigué, me dit de déposer la craie, et nous attendîmes l'arrivée de l'oncle, du père Gaudin et de tous ceux qui les avaient suivis à la grotte ; tous, hommes, femmes, enfants, paraissaient fort animés; leurs voix tumultueuses se rapprochaient du hameau.

Nous les regardions venir; l'oncle Nicolas et le sabotier marchaient en tête.

Antoine, Jacquin Houlotte et deux ou trois autres camarades couraient en avant.

Ils ne tardèrent pas à déboucher dans la ruelle, et le premier cri d'Antoine fut :

« Oh ! le pauvre Yéri-Hans! il a le dos tout bleu, depuis le cou jusqu'au bas des reins ; il crie : « C'est le diable qui m'a lapidé! » Et il se confesse tout haut; il raconte ses péchés depuis le commencement... il demande pardon à Dieu... Ah ! le pauvre homme ! »

Jacquin Houlotte, devant notre porte, disait à la grand'mère :

« C'est à cause de Notre-Dame des Roches, grand'mère Catherine, que le diable a voulu l'exterminer; la sainte Vierge était venue le voir, il voulait se mettre en adoration devant elle, quand le diable, par jalousie, est venu lui jeter cette pierre : une pierre noire, d'au moins vingt-cinq livres et qui sent le soufre.»

La pauvre grand'mère, en train de balayer la cuisine, entendant cela, levait les mains au ciel en s'écriant :

« Seigneur Dieu, ayez pitié de nous ! Oh ! le pauvre homme... le pauvre homme !... Mais si la sainte Vierge était là, pourquoi donc a-t-elle permis au diable de jeter la pierre?

— C'est que l'ermite avait péché, répondit Jacquin, le plus fort de nous tous en catéchisme.

— Ah ! c'est bien possible, fit la grand'-mère toute pensive, oui, c'est bien possible... Dieu du ciel, qu'est-ce que c'est de nous! Voir des choses pareilles à mon âge, dans notre propre pays ! »

Elle se signait et rentra s'asseoir dans son vieux fauteuil pour réciter une prière.

Moi, entendant que l'ermite m'avait pris pour le diable, j'allais réclamer, quand l'idée me vint qu'on me conduirait en prison à Sarrebourg, si je disais que c'était moi. Cela me rendit prudent.

Annette était aussi accourue, elle écoutait cette étrange histoire, et nous nous regardions stupéfaits; elle aussi glorieuse et réjouie de passer pour la sainte Vierge, que j'étais humilié d'être pris pour le diable; elle souriait et se redressait, et je regardais à mes pieds en pensant :

« Il n'y a jamais eu de plus grand imbécile que cet ermite; ce qu'il raconte n'a pas le sens commun, et la grand'mère, qui le croit, n'est pas maligne. »

Sur ces entrefaites, l'oncle Nicolas, le père Gaudin, Lagoulette et les autres arrivaient ; l'oncle, indigné de voir cette foule qui les suivait, se retournant, lui cria de se retirer, puis il entra dans la salle; les témoins qu'il avait emmenés le suivirent, on ferma les fenêtres pour empêcher les gens de regarder et de troubler la délibération.

Antoine, M. Mougeot et moi nous étions seuls présents, et l'oncle, ayant dit qu'il fallait avant tout dresser procès-verbal, prit une feuille de papier timbré dans le secrétaire et s'assit pour écrire, lisant tout haut à mesure; les autres écoutaient et disaient :

« C'est ça... c'est bien ça !.. »

« Ce jourd'hui, 15 juin 1829, moi, Nicolas Bruant, entrepreneur de coupes, membre du conseil municipal de Zornbourg, exerçant les fonctions de maire en notre annexe des Bruyères, ayant appris par la rumeur publique que le nommé Yéri-Hans, exerçant la profession d'ermite, sous la roche des Oies-Sauvages, avait reçu sur les reins un quartier de roche, ce qui le mettait en danger de mort, me suis transporté avec Pierre Gaudin, sabotier, et Baptiste Lagoulette, bûcheron, tous deux notables du hameau, à la tanière de Yéri-Hans, où nous avons trouvé ledit ermite étendu dans les broussailles au pied du rocher, les bras en croix, la bouche ouverte et les yeux tournés au ciel, gémissant et soupirant qu'il était mort, qu'il n'en reviendrait jamais. Le sieur Rudo, vétérinaire à Saverne, étant survenu, vérifia sous nos yeux que l'ermite avait le dos écorché et gravement atteint, selon ce qu'il avançait. Après quoi nous avons reçu la déposition de Yéri-Hans, lequel nous déclara : que sur les onze heures du matin de ce jour, étant en prières, la sainte Vierge des Roches lui était apparue habillée de blanc et la tête garnie de cinq étoiles brillantes; qu'elle était debout à la pointe de la roche des Oies-Sauvages et lui faisait signe de monter; que, s'étant mis en devoir d'aller vers elle pour obtempérer à ses ordres, marchant sur les genoux et sur les mains, vu son infirmité, le diable, transporté d'un mouvement de jalousie, lui avait jeté sur le dos une pierre qui se trouvait encore là, ronde, en forme de gros caillou, que plusieurs assistants prétendent avoir une forte odeur de soufre et que nous estimons peser de quinze à vingt livres. D'où l'ermite avait été abattu contre terre et l'apparition de la sainte Vierge des Roches s'était dissipée instantanément. En foi de quoi nous avons dressé ce procès-verbal, pour servir ce que de droit. »

L'oncle, ayant signé, passa la plume au père Gaudin ; Lagoulette mit sa croix au bas, et le procès-verbal enfermé dans un tiroir du secrétaire, chacun alla vaquer à ses occupations.

L'oncle Nicolas, homme très-actif, partit aussitôt pour ses coupes, et jusqu'au soir il ne fut question au hameau que de Yéri-Hans, de l'apparition de Notre-Dame des Roches et de l'abominable scélératesse de l'esprit des ténèbres, toujours à l'affût derrière les pauvres pécheurs et capable de nous mettre à mal quand on y pense le moins.

VII

Je me souviens que le lendemain dimanche, toute la montagne étant descendue à Zornbourg, M. le curé Fischer prononça du haut de la chaire un magnifique discours, glorifiant notre sainte Vierge des Roches et s'indignant contre l'esprit tentateur de tous les hommes.

En retournant à leurs hameaux, les gens ne s'entretenaient que de l'apparition de la sainte Vierge à l'ermite, et la nouvelle s'en répandit au loin.

Plusieurs alors avaient déjà l'idée d'établir un pèlerinage à la roche des Oies-Sauvages, mais ce projet ne s'exécuta pas tout de suite, une sorte de calme se rétablit d'abord; les gens rêvaient à la chose, cela suffisait provisoirement.

Chez nous, la vie avait repris son train ordinaire; nous allions régulièrement à l'instruction religieuse, et chaque fois, en passant près de la roche, Annette toute pâle venait se serrer contre moi; je lui disais à l'oreille :

« Ne crains rien !... s'il arrive, je suis là... Tu sais que je n'ai pas peur. »

Le soir, revenus à la maison, nous travaillions avec M. Mougeot, qui nous aimait de plus en plus et ne négligeait rien pour nous instruire.

La grand'mère aurait voulu n'entendre réciter que le catéchisme, mais chaque fois que l'oncle se trouvait à la maison, il s'écriait :

« On ne peut pas toujours parler d'Adam et d'Ève et du péché originel, ce serait ennuyeux à la longue. Moi, d'abord, je me sauverais chez le voisin Gaudin tous les soirs, en emportant mon cruchon de kirsch. »

Alors la grand'mère se taisait, continuant de filer d'un air de résignation.

Cependant Yéri-Hans se remettait tout doucement de sa secousse; le vétérinaire Rudo allait le voir deux fois par semaine, mais lui ne voulait pas prendre de drogues et ne buvait que de l'eau sortant de la roche; aussi sa réputation de sainteté ne faisait que croître et embellir.

Ce n'étaient plus seulement les pauvres gens des Bruyères, de Zornbourg, du Hautvald qui lui portaient des présents, c'étaient toutes les grandes dames de la vallée : Mme Thomassin, Mlles Alice et Yolande de Breinstein et bien d'autres; le bruit qu'il avait été sauvé par miracle et qu'il avait des visions, que la Dame des Roches lui apparaissait, qu'elle lui parlait, qu'elle le consolait et lui annonçait de grandes choses, des changements extraordinaires : — le retour des anciens seigneurs et des pauvres moines exilés; la sanctification des peuples par le rétablissement de la dîme, de la taille, des aides, du champart, du droit d'aînesse, de toutes les anciennes bénédictions d'avant 89, à la suite desquelles tous les bons chrétiens des villes et des campagnes seraient sauvés par le jeûne et la prière, — ce bruit s'étendait, le pèlerinage s'établissait de jour en jour.

On disait aussi que l'eau de la roche était miraculeuse, qu'elle guérissait de la goutte, des rhumatismes et d'autres maladies innombrables, à cause de la pierre que l'ermite avait reçue sur les reins et dont il s'était rétabli par l'intercession de la Dame.

L'oncle Nicolas en riait, mais la grand'mère et Rosalie croyaient fermement aux miracles.

Ce qui vexait le plus l'oncle, c'était d'apprendre que de pauvres gens, nos voisins, se dépouillaient du nécessaire et se réduisaient presque à la famine avec leurs enfants pour engraisser l'ermite; le père Gaudin et lui, le soir, ne faisaient que se moquer de Yéri-Hans.

Le vieux sabotier est encore là sous mes yeux, son feutre râpé sur l'oreille, Annette entre les genoux, qui raconte les cris de l'ermite lorsqu'il avait essayé de lui visiter le dos, imitant ses gestes et ses roulements d'yeux en éclatant de rire, car le père Gaudin, ancien soldat de l'Empire, goguenard et peu religieux de sa nature, ayant fait la guerre en Espagne, se rappelait les moines de là-bas, accusés mille fois d'avoir enterré nos blessés tout vifs, ce qui le rendait peu tendre à leur égard.

« Ce jourd'hui, 15 juin 1829. » (Page 22.)

« Le gueux, disait-il en parlant d'Yéri-Hans, lorsque je me suis approché pour le secourir, a manqué m'assommer avec sa béquille. Ah! mauvais coquin! si nous avions été seuls, il aurait appris de quel bois je me chauffe; je lui aurais appliqué un drôle de cataplasme sur son miracle.

— Oui, répondait l'oncle; au lieu de nous recevoir comme on reçoit les autorités constituées, il n'avait pour nous que des injures, et cela montre bien qu'il est fou. Aujourd'hui, on le regarde comme un saint; les gens se mettent en adoration devant un véritable crétin... c'est la honte du pays. Trop souvent, il arrive au bois qu'un brave homme, en ébranchant la cime de quelque sapin pour gagner sa vie, tombe par malheur et reste sur place : un père de famille laissant des cinq et six enfants, une femme, de vieux parents dans la misère. Eh bien, personne ne s'inquiète de lui ni de la couvée..... On dit : « Jean-Jacques... Christophe est mort! » et l'on croit faire beaucoup en lui donnant l'extrême-onction; au bout de quinze jours ou d'un mois, on n'y pense plus; on trouve cela tout simple, tout naturel; la femme traîne, les enfants vont mendier. Au lieu que, s'il arrive le moindre accident à des fainéants comme cet Yéri-Hans, tout le pays est en l'air... on crie : « Ah! mon Dieu!... ah! mon Dieu!... quel malheur! Le ciel va tomber, les rivières vont déborder!... » On dirait que c'est la fin du monde. Seigneur Dieu, que les gens sont bêtes et qu'ils méritent bien de tirer la lan-

« Des miracles. » (Page 27.)

gue, de souffrir toutes les misères! Est-ce qu'ils ne sont pas cause eux-mêmes de ce qui leur arrive? Est-ce que ce n'est pas la honte du genre humain de voir des êtres pareils travailler et s'échiner d'un bout de leur existence à l'autre pour des Yéri-Hans? »

Ainsi parlait l'oncle Nicolas, et la grand'-mère disait :

« Il faut bien avoir le respect des choses saintes, Nicolas..... Qu'est-ce que nous deviendrions dans l'autre vie si nous n'avions pas le respect de ceux qui prient pour nos péchés? »

L'oncle alors, ne voulant pas la contredire, haussait un peu les épaules et lui répondait :

« Oui! ma mère... oui... oui... vous avez raison. Si Yéri-Hans ne priait pas pour nous, nous serions bien à plaindre! Je comprends ça... je comprends... il faut que l'ermite gagne pour nous la vie éternelle, la rémission de nos péchés... sans cela, nous irions en enfer. Oui!... oui!... oui!... »

Et la bonne grand'mère était contente : elle se remettait à filer en pensant :

« Ah! j'ai raison. Nicolas voit bien que j'ai raison... Quand je parle, il est bien forcé de répondre : *Amen!* »

M. Mougeot ne se mêlait jamais de ces conversations; il écoutait en silence, ne voulant pas se mettre entre la grand'mère et son fils; sa position l'obligeait à beaucoup de réserve; il avait appris depuis longtemps à se taire.

D'ailleurs, toutes ces raisons, bonnes ou

mauvaises, n'empêchaient pas le pèlerinage de s'établir et de s'étendre en quelque sorte à vue d'œil.

Tout dépend de la lumière d'en haut et de la foi; quand les gens ont la foi, les apparitions et les miracles sont vrais.

Eh bien, chez nous, aux Bruyères, je dois bien le reconnaître, avec l'instruction religieuse de M. Fischer et l'abolition de la langue de Voltaire, on avait la foi; des centaines de bûcherons, de schlitteurs, de charbonniers, accompagnés de leurs femmes et de leurs enfants, venaient de toute la montagne pour assister à l'apparition de Notre-Dame des Roches; cela gagnait jusqu'aux maisons forestières du Holderloch et de la Tremblaye; chaque matin, nous voyions cette foule se réunir devant la petite chapelle de Saint-Fulbert, en face de notre maison, puis descendre en procession à la grotte de l'ermite, sous la conduite d'un nommé Mathieu Ferré, du Hautvald, un grand gaillard, ancien grenadier de la garde royale, qui avait fait la campagne d'Espagne avec le duc d'Angoulême.

Revenu depuis quelques années au village, il s'était mis à travailler dans les coupes; mais il avait les côtes en long et n'avançait pas l'ouvrage; personne ne voulait de lui; il n'était bon qu'à servir de suisse dans une église.

Depuis les apparitions de la Dame des Roches, le grand Mathieu, comme on l'appelait, conduisait les pèlerins; il profitait aussi de leurs dons et se chargeait de recevoir les offrandes pour la construction d'une piscine miraculeuse.

Yéri-Hans n'avait rien changé à ses habits: c'étaient toujours la veste de hussard percée aux coudes et le pantalon de soldat du train, ce qui prouvait de plus en plus sa grande sainteté aux yeux de la multitude, qui passait des journées à le contempler, pour voir d'après sa mine ce qu'il voyait, car lui seul voyait la Vierge; les autres observaient l'apparition sur sa figure.

D'abord, en arrivant, vous découvriez l'ermite au fond du taillis, assis comme autrefois devant sa caverne: il n'avait pas l'air ému; il priait, les mains jointes, égrenant son rosaire.

Puis il fermait à moitié les yeux et restait en méditation, jusqu'à ce que toute la foule des pèlerins fût réunie, toujours marmottant et faisant des signes de croix, regardant l'eau de la source qui brillait au soleil.

Son nez s'allongeait tout doucement en pointe; c'était le commencement de l'apparition.

Et tout à coup il commençait à loucher en poussant des soupirs.

Alors Marie Alavoine, celle qui lui portait sa pitance depuis dix ans, disait en tremblant et s'agenouillant dévotement :

« Maintenant il voit! Maintenant la Dame est là... Mon Dieu! mon Dieu! ayez pitié de nous! Accordez-nous la rémission de nos péchés! »

Et tous les assistants, voyant qu'Yéri-Hans louchait réellement, que ses lèvres remuaient, avaient peur; ils murmuraient entre eux, même les plus incrédules :

« Il voit la Dame, c'est sûr!... Elle lui parle!... Qu'est-ce qu'elle lui dit? »

Personne n'osait l'interroger, excepté le grand Mathieu Ferré, qui, raffermissant son courage, prenait sur lui de lui demander :

« Qu'est-ce que la sainte Reine vous dit, Yéri-Hans? Qu'est-ce qu'elle vous demande? »

Alors longtemps l'ermite ne répondait pas, et, seulement à la fin, il murmurait :

« Oh! sainte Reine!... Oh! oh! oh!.... ma sainte Reine.... Oh! que vous êtes belle!... Oh! que vous êtes grande!... Oh!... oh!... oh! »

Et tous les gens venus là tremblaient; il leur passait des frissons le long du dos; un grand nombre s'agenouillaient pour réciter des prières, comme à l'église.

Ces choses, je les ai vues moi-même un dimanche que la grand'mère et moi nous revenions d'assister aux vêpres à Zornbourg; la pauvre grand'mère en avait la chair de poule; mais moi, caché dans la multitude et me rappelant qu'Annette était la Vierge des Roches, l'envie me prenait de rire; seulement, je n'osais pas, ne sachant quoi penser de la dévotion des autres et de leur air d'adoration.

Le grand Mathieu Ferré, de temps en temps, lui criait dans l'oreille, en se baissant et mettant les deux mains devant la bouche :

« Qu'est-ce que vous voyez, Yéri-Hans?... Parlez!... parlez!...

— La Reine... la Reine!... faisait l'ermite.

— Comment est-elle?

— Oh! bien belle!...

— Oui; mais comment est-elle habillée?

— Elle est tout en or, avec des étoiles dans les cheveux. »

Et le grand Mathieu, se retournant, disait aux autres d'un ton solennel :

« Vous entendez... en or!... en or!... du haut en bas... et des diamants dans les cheveux..... ça, c'est une vraie sainte! une vraie. »

Et, se remettant à crier, il demandait :

« Yéri-Hans, vous m'entendez?

— Oui.

— Eh bien, qu'est-ce qu'elle vous dit, la sainte Reine? Qu'est-ce qu'elle vous demande?

— Une chapelle.

— Ah! ah! une chapelle... ici?

— Oui, sur la source.

— Sur la source!... tout le monde l'entend, s'écriait le grand Mathieu en regardant l'assistance; on ne viendra pas dire que c'est moi qui le fait parler. Ah! une chapelle, Yéri-Hans, elle veut une chapelle! Et pourquoi faire?

— Des miracles!

— Vous entendez, criait Mathieu, des miracles! »

Et regardant l'ermite:

« Quels miracles? Yéri-Hans, faites-lui bien expliquer ça.

— Des guérisons miraculeuses.

— Ah! écoutez... vous avez entendu: des guérisons miraculeuses; des guérisons d'aveugles, de sourds, de boiteux, de bossus; tous ceux qui auront quelque chose de désagréable en eux pourront venir ici se laver, et ce sera comme si l'on avait soufflé sur leurs infirmités; on n'y verra pas plus que sur ma main, n'est-ce pas, Yéri-Hans?

— Oh! oui!... oui!... »

Les autres alors redoublaient leurs prières; la vallée en bourdonnait.

En revenant de là, chacun racontait en route qu'il avait vu l'apparition de la Dame des Roches, et la réputation de l'ermite grandissait.

Ainsi se passaient les choses dans mon enfance; mais depuis le peuple a perdu la foi; il ne reste plus qu'un petit nombre de gens du monde, de diplomates, de sénateurs, de dames distinguées pour croire aux apparitions et aux miracles. C'est malheureux... bien malheureux!... Mais, comme disait ma pauvre grand'mère: Que votre sainte volonté soit faite, ô mon Dieu! Ainsi soit-il.

VIII

Cependant l'époque de notre première communion approchait; il allait falloir absolument me confesser de notre aventure avec l'ermite.

Annette s'en était tirée très-bien, comme elle avait dit, en avouant tout bas son péché de curiosité, pendant que M. Tony se bourrait le nez d'une grosse prise de tabac; mais, quant à moi, sachant que l'oubli volontaire d'une faute pouvait nous conduire directement en enfer, je trouvais cela grave... très-grave! Et j'y réfléchissais, ayant déjà laissé passer plusieurs fois mon tour.

Heureusement, une circonstance imprévue vint me dispenser d'aller à confesse.

Tu sauras que M. le percepteur Goujon passait tous les mois aux Bruyères pour faire ses recouvrements, et que, faute d'auberge, il s'arrêtait chez l'oncle Nicolas.

Il arrivait sur une vieille jument appelée Marguerite, avec laquelle il avait fait la campagne de Waterloo, car M. Goujon était un ancien capitaine de hussards et conservait encore, malgré la suppression de ses moustaches et de ses favoris carrés, une bonne figure militaire.

Il déployait son registre sur notre table, et, dès que les contribuables avaient vu Marguerite attachée au pilier du hangar, ils arrivaient à la file, hommes et femmes, demander du temps.

M. le percepteur jurait, tempêtait, menaçant les retardataires de la saisie. Mais c'était un brave homme au fond, et, la grande scène d'indignation passée, il empochait les à-compte avec résignation.

Alors arrivaient deux ou trois vieux soldats de l'Empire, le père Gaudin, Médard et d'autres, qui ne s'étaient pas associés aux jésuites, comme les bonapartistes de nos jours. On se serrait la main, et l'on causait de politique en vidant un petit verre sur le pouce.

M. Goujon avait toujours la poche pleine de *Moniteurs*, qu'il se mettait à lire l'un après l'autre par extraits:

« Lundi. — Sa Majesté a entendu la messe en sa chapelle à huit heures; elle est partie pour la chasse à neuf heures et demie.

« Mardi. — Sa Majesté, après avoir entendu la messe en sa chapelle, a reçu Mgr Lambrutchini, nonce du pape, en audience particulière; elle est partie à dix heures pour la chasse.

« Mercredi. — Sa Majesté a assisté à la messe dans sa chapelle à sept heures et demie. »

Ainsi de suite tout le long de la semaine.

Ces vieux soldats se regardaient dans le blanc des yeux, tout ébahis; je ris encore de leurs mines; le fait est que c'était comique, et c'est pourtant là de l'histoire!

Mais, pour en revenir à M. Goujon, il ne partait jamais de chez nous sans emporter un petit panier de truites, que le ruisseau des Trois-Fontaines fournissait en abondance.

C'est moi que la grand'mère chargeait

d'aller les prendre; sitôt le percepteur installé dans la salle, j'allais à la rivière, et avant son départ le panier était plein.

Je ne me rappelle rien de plus gai, de plus vivifiant que ces parties de pêche à la main sous les roches, dans une belle eau courante, où les grandes demoiselles vertes et bleues, les ailes frémissantes, vont et viennent autour de vous dans l'ombre des trembles et des saules : c'est une des impressions les plus agréables de ma jeunesse.

Antoine ordinairement m'accompagnait; mais, ce jour-là, M. le percepteur étant venu tard, il était déjà parti pour relever nos tendues au bois, et la grand'mère m'ayant dit :

« Jean-Claude, M. Goujon s'en ira de bonne heure, il ne faut pas perdre de temps. »

J'entrai tout de suite à la grange prendre le vervier qui me servait de corbeille, et je sortis en courant.

Annette était justement sur la porte et se mit à crier :

« Jean-Claude, tu vas à la pêche?... Attends, je vais avec toi!

— Oui; arrive! »

Nous partîmes ensemble, suivant le sentier entre les orges et les avoines, courant au beau soleil, sous les églantiers en fleurs.

Vingt minutes après, nous arrivions au bord du ruisseau; je retroussai vite les jambes de mon pantalon de toile jusqu'aux cuisses, je jetai ma blouse et ma chemise dans l'herbe, et j'entrai bravement dans l'eau, qui galopait sur les cailloux en produisant son doux murmure.

Bientôt j'en avais jusque sous les aisselles.

Annette, assise au bord, me regardait; je plongeais mon bras sous les vieux saules, dans les trous où les poissons se plaisent, et, de temps en temps, je lui jetais une belle truite frétillante et comme tachetée de gouttelettes de sang, en criant :

« Attrape! »

Elle la saisissait et la mettait dans le vervier en disant :

« Oh! qu'elle est belle!... oh! Jean-Claude, elle pèse bien un quart de livre. »

Naturellement, j'avais fini par me mettre à la nage, gagnant de proche en proche les touffes de glaïeuls et les grosses pierres moussues où les poissons devaient être.

Nous avions déjà parcouru deux ou trois cents pas, la forêt à notre droite, avec ses hautes colonnades sombres, et de l'autre côté la prairie verdoyante s'élevant jusqu'au hameau; les trois quarts du panier étaient pleins; le moment de retourner approchait.

Annette cueillait des fougères pour tenir notre poisson au frais; elle était assise entre les saules, et moi dans l'écume, non loin du bord, tenant une branche, je la regardais tout joyeux.

Elle me disait :

« Oh! Jean-Claude, que cet ermite est bête de te prendre pour le diable!... Tu es blanc... blanc comme de l'écume, et tu n'as pas non plus les cheveux rouges, mais d'un beau brun. C'est plutôt lui qui est le diable. »

Et je riais; je lui répondais :

« La grand'mère dit toujours que je suis le plus beau garçon du village.

— Oh! oui! elle a bien raison!... C'est vrai, Jean-Claude... Et moi, je suis aussi la plus jolie fille, n'est-ce pas?

— Oh! pour ça... c'est sûr, Annette! »

Et comme nous causions ainsi, voilà qu'au-dessus de nous, dans le bois, part un coup de fusil, à deux ou trois cents pas, puis un autre. En même temps, un grand lièvre roux de la montagne franchit le ruisseau d'un élan prodigieux et gagne au triple galop le haut de la côte.

Nous le regardions émerveillés, lorsque deux chiens arrivèrent, jappant d'une voix plaintive; deux beaux chiens courants aux larges oreilles pendantes, aux grandes rides mélancoliques comme de vieilles femmes; ils avaient perdu la piste et pleuraient, furetant autour de nous dans les joncs, tout désolés.

« Tiens! dit Annette, ce sont les chiens de M. le curé. »

Je les reconnaissais aussi, car M. Fischer était le plus grand chasseur du pays, et chaque fois que nous allions à l'instruction, nous voyions ses chiens attachés dans la cour du presbytère.

J'allais lui répondre qu'elle avait raison, lorsque M. le curé Fischer, en habits de chasse, large feutre et les hautes guêtres aux jambes, parut lui-même, derrière les broussailles, furieux d'avoir manqué son lièvre.

« Qu'est-ce que tu fais là? me dit-il d'un ton dur de grand seigneur qui prend ses gens en fraude.

— Je pêche des truites, monsieur le curé, lui répondis-je effrayé.

— Qui t'a permis de pêcher des truites?

— C'est ici le pré de l'oncle Nicolas, monsieur le curé; il va des deux côtés, jusqu'au vieux mur des Tiercelins, là-bas. »

Sa figure était terrible; il n'avait rien à répondre, et s'adressant à Annette :

« Tu n'es pas honteuse, lui cria-t-il, de regarder un garçon nu dans l'eau?... Une fille de dix ans! tu n'es pas honteuse? »

Annette restait bouche béante; M. Fischer, voyant qu'elle ne répondait pas, ajouta :

« Vous êtes tous deux en état de péché mortel.... Je vous refuse pour la première communion.... Je vous renvoie à deux... à trois ans... vous m'entendez? »

Et, jetant son fusil sur l'épaule, sifflant ses chiens, il partit allongeant le pas sous bois, la tête haute, la corne à poudre sur la hanche, content sans doute de ce qu'il venait de faire.

Nous, stupéfaits, nous nous regardions sans rien comprendre à ce qu'il avait dit, sauf que nous étions refusés pour la première communion.

Je sortis de l'eau tout consterné, et, sans même prendre le temps de rabattre les jambes mouillées de mon pantalon, ramassant ma chemise et ma blouse, je me pris à courir au village.

Annette me suivait avec le panier, en criant d'une voix épouvantée :

« Qu'est-ce que nous avons donc fait, Jean-Claude?... qu'est-ce que nous avons donc fait? »

Je lui répondais :

« Je ne sais pas, Annette, je ne sais pas! »

Je commençais à pleurer, à gémir.

Annette alors se mit à pleurer et sangloter plus haut que moi.

En courant ainsi, nous arrivâmes aux Bruyères, en face de notre baraque, où l'oncle Nicolas, le père Gaudin et M. Goujon, la perception terminée, se trouvaient encore réunis.

L'oncle m'entendit du fond de la chambre, et, courant à la fenêtre, il me demanda :

« Qu'est-ce que tu as, Jean-Claude? »

Alors, tout en larmes, je lui racontai ce qui venait de se passer; il pâlit, et d'une voix irritée il s'écria :

« C'est pour ça qu'il te refuse à la première communion?

— Oui, mon oncle.

— Eh bien, c'est bon! tu ne la feras pas, ta première communion... C'est moi, Nicolas Bruant, le frère de ton père, qui t'en dispense. »

Et avec un frémissement de colère terrible, il ajouta :

« En état de péché mortel!... des enfants de dix à douze ans!... Oh! le gueux!... oh! le bandit! avoir des idées pareilles sur des enfants... Faut-il que le démon le tourmente! Hé! père Gaudin, vous avez entendu?

— Oui! oui! » répondit le vieux soldat d'un ton goguenard, en arrivant et disant à Annette :

« Veux-tu bien te taire, sotte! Qu'est-ce qui te force à pleurer? Tu ne feras pas ta première communion, te voilà bien malheureuse! Est-ce que je l'ai faite, moi, ma première communion? A quinze ans, je partais comme trompette au deuxième dragons, pour Zurich, et je ne savais pas seulement que j'étais baptisé. »

— Hé! cria M. Goujon du fond de la chambre, vous étiez comme des centaines de mille autres, père Gaudin... Oui! des centaines de mille, morts au champ d'honneur, de 92 à 1815, et qui ne savaient plus rien de la messe. Ça ne les empêche pas de dormir en terre sainte, de Madrid au Kremlin; partout où tombe un brave pour la patrie et l'honneur de son drapeau, la terre est sacrée... et sans eau bénite encore! »

Malgré la bonne assurance de l'oncle, je n'en pleurais pas moins d'être refusé, et je lui disais :

« Qu'est-ce que diront les camarades?

— Si quelqu'un te dit quelque chose, fit-il, tape dessus... tu n'es pas manchot, je pense... Et puis, que les père et mère viennent réclamer, c'est moi qui me charge de leur répondre. »

Il alla se rasseoir.

Malheureusement, la pauvre grand'mère avait tout entendu de sa cuisine, et c'est elle qui se désolait.

« Quelle malheureuse idée j'ai eue, criait-elle sur la porte de la salle, d'envoyer ces enfants à la pêche! Toute la faute retombe sur moi, Nicolas!... Mais d'aller dire maintenant que les enfants ne feront pas leur première communion, tu n'y penses pas! non! tu n'y penses pas. M. le vicaire arrangera tout cela. M. le curé comprendra que les pauvres enfants ne savaient rien de rien, qu'ils...

— Écoutez, ma mère, interrompit l'oncle, je vous ai toujours honorée, comme c'était mon devoir, mais je suis las d'une pareille existence! Est-ce M. Fischer qui travaille pour élever ces enfants, ou moi? Si c'est lui, qu'il vienne... qu'il soit le maître... celui qui travaille et qui paye est le maître. Moi, je vends mon bien, je vous laisse la maison et le jardin, comme avant la Révolution; vous payerez la dîme, si vous voulez, et les petits seront les serfs, les valets de monseigneur. Mais je serai loin d'ici... Choisissez tout de suite entre le curé et moi, vous me rendrez service. »

L'oncle n'avait pas l'habitude de prononcer

des paroles inutiles, la grand'mère le savait; elle alla préparer le souper avec Rosalie sans rien dire, il ne restait plus d'espoir qu'en M. Tony.

M. Goujon partit avec son panier de truites; le père Gaudin, prenant Annette par la main, retourna tranquillement chez eux, et M. Mougeot dit philosophiquement :

« Maintenant nous aurons une leçon le matin et une autre le soir; si le malheur était arrivé plus tôt, nous saurions toute notre arithmétique. Enfin, nous allons rattraper le temps perdu. »

IX

Nous étions alors aux derniers jours de juin 1830; la réputation de Notre-Dame des Roches avait pris un tel développement, que Yéri-Hans passait dans la montagne pour un véritable prophète; on n'allait plus le voir qu'avec des cierges allumés; sa grotte resplendissait de lumières : des statues en plâtre de la Vierge et des couronnes de fleurs la tapissaient du haut en bas.

L'ermite, avec son ami le grand Mathieu Ferré, continuait de prophétiser des événements considérables, des triomphes de toute sorte : la dispersion des juifs et des hérétiques, la résurrection de la foi, le retour des moines et des seigneurs, le règne glorieux d'un puissant monarque, appelé depuis les premiers temps à rétablir l'ordre dans la chrétienté... Que sais-je encore?

C'était de Zornbourg à la Roche une procession perpétuelle, avec des branches de chêne et de buis bénit; Marie Alavoine et Charlotte Robichon en pleuraient d'attendrissement, et M. Fischer exhortait les fidèles à recevoir, d'un esprit de soumission exemplaire, les grands changements qui ne pouvaient manquer de s'accomplir bientôt.

Et là-dessus nous arrive la nouvelle de la prise d'Alger, de la fuite de Hussein-Pacha, de la délivrance des prisonniers chrétiens renfermés au bagne, des trésors entassés dans la Casba.

Figure-toi l'enthousiasme des montagnards! C'était en quelque sorte le commencement des grandes choses annoncées par l'ermite, et tout le monde reconnaissait alors que le puissant monarque chargé de tout remettre en ordre ne pouvait être que Charles X; dont la gloire égalait du premier coup celle de Mathathias et de saint Louis.

Au milieu de ce triomphe eut lieu la première communion de nos camarades; Antoine et moi nous restâmes seuls à la maison, et je te laisse à penser notre désolation, car les fêtes, les spectacles où l'on figure soi-même sont les plus grandes joies de l'enfance; et de voir revenir les autres heureux et fiers, quand on se trouve exclu du bonheur général, c'est un crève-cœur inexprimable.

Annette aussi pleurait derrière les petites vitres de leur baraque, en regardant passer les autres jeunes filles vêtues de blanc par la charité de Mlles Alice et Yolande de Breinstein, qui faisaient les frais de la cérémonie. Oui, la bonne petite Annette pleurait à chaudes larmes; je l'observais de loin par notre lucarne, car nous n'osions sortir, et, songeant que j'étais la cause de son malheur sans le vouloir, je l'en aimais davantage.

Il faut dire aussi que les paroles de l'oncle Nicolas touchant M. Fischer et la première communion avaient été rapportées, et que les gens du hameau s'en trouvaient grandement scandalisés; on plaignait la grand'mère d'avoir un pareil fils, un impie, un être insolent qui ne pliait pas devant l'autorité de M. le curé et qui se révoltait contre ses remontrances.

On annonçait qu'il ne serait plus renommé au conseil municipal de Zornbourg, qu'il était temps de le remplacer par un bon chrétien comme le vieux sacristain Éloi Papelot, tombé depuis trois ans en enfance, et qui passait toute sa sainte journée dans son banc à la chapelle, une goutte d'eau claire au bout du nez et la tête branlante, à supplier le Seigneur de prolonger ses jours et de lui faire avoir les joies du paradis le plus tard possible.

Oui, voilà l'homme qu'on voulait charger des intérêts de notre annexe, car la prise d'Alger exaltait encore les gens contre nous; Marie Alavoine se signait en passant devant notre porte, et si l'oncle n'avait pas été ferme et décidé, plusieurs grands fainéants qu'il n'avait jamais voulu engager dans ses coupes, parce qu'ils n'étaient bons qu'à toucher la paye tous les huit jours, sans faire autre chose que d'allumer leur pipe et de se cracher dans les mains, plusieurs auraient été capables de l'insulter en public; mais l'oncle Nicolas, son mètre de cormier sous le bras, avait un œil particulier en regardant cette espèce de gens, un œil qui les forçait en quelque sorte de porter la main à leur bonnet en murmurant :

« Bonjour, monsieur le maire ! »

Ce qui nous fit le plus de peine, c'est que M. Tony lui-même, l'homme du bon Dieu, qui nous aimait et que nous aimions tous, ne venait plus chez nous et détournait la tête en passant, pour n'avoir plus à nous saluer.

M. le curé l'avait prévenu de ne plus nous fréquenter, de nous considérer comme des brebis galeuses et de nous forcer à céder comme tout le monde, par la menace des grandes choses qui se préparaient. Et, si nous ne cédions pas, c'est sur nous que l'on devait tomber d'abord et sur les vieux soldats de la République et de l'Empire, qui n'entraient pas dans les idées de M. Fischer.

Ces vieux s'en doutaient et ne se montraient pas trop inquiets, ayant toujours leur fusil de munition garni de sa baïonnette dans un coin : cela les rassurait complétement.

Et de jour en jour l'ange Gabriel devait apparaître, quand un beau matin arrive M. Goujon ; il attache son cheval au pilier du hangar et entre, regardant à droite et à gauche dans la salle.

Nous étions seuls ; la grand'mère et Rosalie cueillaient des légumes au jardin, et le percepteur alors nous dit à demi-voix :

« On se bat à Paris ! »

L'oncle avait redressé la tête ; M. Mougeot, qui nous expliquait un problème d'arithmétique, se leva, et tous les trois se regardèrent comme saisi.

« On se bat depuis avant-hier soir, reprit M. Goujon.

— Comment ?... pourquoi ? » fit l'oncle.

Et le percepteur, sans répondre, tirant de sa poche un journal, se mit à nous lire les ordonnances du 25 juillet, qui dissolvaient les Chambres, convoquaient les colléges électoraux, établissaient un nouveau mode d'élections, etc.

« Après cela, dit-il en remettant le journal dans sa poche, la révolution se trouvait en présence des jésuites, de la cour et des Suisses, c'était à recommencer, et sans doute au moment où je vous parle... »

La grand'mère rentrait ; aussitôt, s'interrompant, il s'écria gaiement :

« Eh bien, nous allons donc voir aujourd'hui si les contribuables veulent se mettre en règle. Vous avez fait les publications, monsieur le maire ?

— Oui, monsieur Goujon ; tenez, voilà déjà Christine Donadieu qui vient... et là-bas le vieux Pascal. »

Il déploya ses livres, on se remit à crier jusqu'à midi. Mais cette fois le percepteur n'attendit pas l'arrivée des anciens braves pour causer politique ; il chargea l'oncle à voix basse de leur communiquer la grande nouvelle et repartit aussitôt, ayant sans doute plus loin des amis qu'il n'était pas fâché de mettre au courant.

On ne fit que rêver à ces événements tout le jour, sans en parler.

Le lendemain, on n'a jamais su comment, la plaine et la montagne connaissaient l'insurrection de Paris, et ceux qui la veille détournaient la tête en passant devant notre porte nous saluaient de loin ; des gens qu'on aurait cru les plus dévots du monde, comme le père Papelot, au lieu d'aller à la chapelle, venaient chez nous en disant :

« Ah ! Seigneur Dieu, quel bonheur ! Nous allons donc être délivrés !

— De quoi ? lui demanda l'oncle.

— Ah ! de ce qui nous gêne. »

Le télégraphe de Hautmartin ne finissait pas de jouer ; une foule de gens sur la côte, au-dessus du village, regardaient ce télégraphe, comme s'ils avaient pu y comprendre quelque chose.

Mais le lendemain, 1er août, on apprit que M. Fischer venait de disparaître dans la nuit, et ce même jour, que Mgr de Forbin-Jeanson, avec son secrétaire Bricsar et le Père Donatien, avaient aussi levé le pied ; que le peuple de Nancy s'était précipité dans le palais épiscopal, qu'il avait tout brisé, jeté les meubles par les fenêtres.

Voilà comme le peuple si dévot de Charles X aimait les jésuites !

Les jours suivants, on apprit que le roi s'était aussi sauvé, que les ministres étaient arrêtés et qu'on allait les juger, que le duc d'Orléans venait d'être nommé roi par deux cent vingt et un députés, et que Lafayette l'embrassait en l'appelant la meilleure des Républiques.

La nation était si contente d'être débarrassée des jésuites, qu'elle n'en demanda pas plus et que Louis-Philippe, parce qu'il s'était déclaré contre eux avec ses amis Paul-Louis et Béranger, eut l'estime de tout le peuple et des bourgeois.

Mais je ne veux pas te raconter cette révolution de 1830 : le drapeau tricolore, le coq gaulois, les cocardes qu'on festonnait par milliers avec des rubans, parce que tous, hommes, femmes, enfants, en voulaient.

Tout ce que je puis te dire, c'est qu'il fallut envoyer en toute hâte de Phalsbourg une compagnie du 10e de ligne à la grotte de Yéri-Hans, pour empêcher les anciens péle-

J'entrai bravement dans l'eau. (Page 28).

rins de massacrer ce pauvre diable ; qu'on le mit bien vite sur un tombereau et qu'on le conduisit directement à la maison de fous de Maréville, où nous apprîmes, deux ans après, qu'il était mort gâteux.

Cela nous montre clairement que tous ces pèlerins font semblant de croire aux apparitions et aux miracles, pour attraper, les uns des pensions, des gratifications, de bonnes places, étant appuyés par le clergé ; les autres, pour s'attirer des pratiques, en se donnant une réputation de sainteté. Presque tous veulent achalander leur boutique, et bien peu ont réellement un bon fond religieux, un sentiment d'honnête homme qui répugne à la tromperie, au mensonge.

Par bonheur, les simples qui se laissent prendre à ces grimaces deviennent tous les jours plus rares ; et les malins, en revenant de leurs pèlerinages, se regardant les uns les autres, feraient bien de se demander : « Qui donc est-ce qu'on trompe ? Les paysans ? les ouvriers ? les soldats ? qui ? qui ? »

Franchement, pour tous ces gens-là, la meilleure religion et la meilleure spéculation seraient d'être honnêtes et de donner de la bonne marchandise ; ce serait le plus beau miracle qu'ils pourraient nous faire.

Enfin, cela ne nous regarde pas directement, *le principal est de ne pas leur confier l'éducation de nos enfants, — chacun sait pourquoi.*

Et maintenant je vais en finir avec mon histoire.

« On se bat à Paris! » (Page 31.)

Après la révolution de 1830, M. Mougeot se trouvant rétabli dans son ancienne place d'instituteur, et M. Tony ayant été nommé curé à Zornbourg, je fis ma première communion avec Annette, et deux ou trois mois plus tard, à la fin des vacances, l'oncle Nicolas nous envoya, mon frère et moi, terminer notre éducation au collège de Phalsbourg.

Nous suivîmes deux ans la classe industrielle.

Antoine ne pensait qu'à s'engager, il avait du goût pour l'état militaire. Moi, je n'avais qu'une idée claire: c'était de succéder un jour à l'oncle et d'épouser Annette.

Les choses se passèrent comme nous le voulions.

Antoine s'engagea dès qu'il eut l'âge; il fut tué deux ans après, maréchal des logis de spahis; la terre est sainte où il repose, comme disait M. Goujon, car c'était un brave soldat et un honnête homme.

Moi, je revins aux Bruyères, et l'oncle, me voyant plein de courage et d'activité, m'associa bientôt à ses affaires.

Le 1er février 1840, j'épousais Annette; c'est l'oncle lui-même qui nous prononça la formule chère aux amoureux :

« Je vous unis au nom de la loi! »

La grand'mère mourut cette même année, un peu consolée de la perte de notre brave Antoine, par la venue d'un enfant qu'elle eut le temps de bénir.

L'oncle et moi, toujours d'accord, nous

avons vendu des milliers de traverses aux chemins de fer d'Alsace et de Lorraine; et quand l'excellent homme dut me serrer la main pour la dernière fois, sept petits enfants, ma femme et moi, nous étions là pour le pleurer et conserver dans notre cœur son souvenir.

Si la nature ne nous donnait pas des soutiens, comment ferions-nous pour supporter la douleur des grandes séparations?

Maintenant Annette et moi nous sommes aussi devenus vieux; mais l'Éternel nous a bénis dans notre famille et dans toutes nos entreprises. Nous nous aimons comme au premier jour.

Je me rappelle à ce propos un petit fait déjà lointain, mais qui s'accorde très-bien avec notre histoire.

J'avais à peine trois ans quand le grand-père Jean-Claude Bruant, depuis longtemps sur le déclin, vint à tomber malade; et l'on comprit tout de suite que sa dernière heure était proche.

La grand'mère pleurait dans la cuisine; puis, vers la fin, raffermissant son courage, elle alla voir le malade, qui se mit à la regarder avec des yeux tout brillants et le sourire sur ses lèvres déjà pâles.

« Pourquoi donc me regardes-tu ainsi, Jean-Claude? lui demanda la grand'mère.

— Eh! fit-il, c'est que j'ai du bonheur à te voir. »

Il la voyait, sous ses rides innombrables, jeune fille, jeune mère, toujours bonne, toujours belle, telle qu'il l'aimait depuis passé cinquante ans; elle n'avait pas vieilli pour lui, et quoiqu'il fût près de la mort, il sentait toujours que son cœur et son amour avaient vingt ans.

C'est ainsi, mon ami, que j'aime Annette et que j'espère la regarder jusqu'à mon dernier soupir.

FIN DE ANNETTE ET JEAN-CLAUDE.

LE RÉCIT DU PÈRE JÉROME

I

Vous savez, me dit le vieux bûcheron Jérôme Thiry, que notre vallée de la Meurthe est séparée de l'Alsace par la côte de Sainte-Marie, par le Climont, le Donon et d'autres cimes élevées, presque toutes couvertes de sapins.

C'est un pays escarpé, difficile; bien peu de gens en connaissent les routes et les sentiers.

Après la bataille de Reichshoffen, perdue par le maréchal de Mac-Mahon, aussitôt que les Allemands eurent commencé le siége de Strasbourg, ils gardèrent les débouchés de ces montagnes sur la plaine d'Alsace, à Benfeld, Obernay, Barr, à Molsheim, à Mutzig et Schirmeck, dans le Haut et le Bas-Rhin; leurs postes se composaient principalement de Badois, cavalerie et infanterie, que les paysans d'Alsace étaient forcés de nourrir à leurs dépens.

Si nous avions pu réunir assez de forces pour faire lever le siége, il aurait fallu d'abord bousculer ces détachements à la sortie des défilés, et les Allemands, quatre fois plus nombreux que nous, n'auraient pas manqué de renforts pour les soutenir. Mais dans notre situation il s'agissait plutôt de nous défendre, car dès les premiers jours du bombardement, les dragons badois poussaient des reconnaissances jusque dans la vallée de Celles.

Au début, après Reichshoffen, le gros de leur armée, marchant sur Paris, avait coupé la ligne du télégraphe à Raon-l'Étape, et poursuivi son chemin sans s'inquiéter provisoirement des Vosges.

Nous étions donc livrés à nos propres ressources, et enfermés dans nos montagnes, sans autre communication avec la France que par Épinal à l'ouest, par la trouée de Belfort au midi.

Chez nous, à la Bourgonce, tous les soirs, lorsque les forêts se taisaient, nous entendions tonner le canon de Strasbourg; et ma femme, songeant à notre fils Coliche, engagé dans le 6e cuirassiers, qui pouvait bien être resté à Reichshoffen, se mettait à sangloter au coin de l'âtre.

Je lui criais qu'elle était folle, que notre Coliche se portait bien, que j'avais fait aussi dans le temps la guerre en Afrique et vu bien des combats, sans perdre seulement un cheveu; que des espions prussiens répandaient de mauvais bruits pour nous faire perdre courage, etc.; mais tout cela ne m'empêchait d'être fort inquiet moi-même sur le sort du garçon et de notre fille Richarde, mariée avec Thomas Duhem, tisserand au Chèvrehof, de l'autre côté des montagnes.

Thomas Duhem est un homme vif, et ma fille Richarde n'a pas le caractère trop doux; la vue des Allemands, vivant chez eux à leurs crochets et leur respirant en quelque sorte l'air de la bouche, ne devait pas les amuser beaucoup, et nous savions déjà que les Prussiens avaient l'habitude de massacrer ceux qui leur faisaient la moindre résistance.

Vous comprenez donc mes inquiétudes; et d'être là, sans armes, sans chefs pour entreprendre quelque chose, sans nouvelle de mes enfants, cela m'agaçait; je me disais que tout valait mieux que de rester dans cet état.

On parlait de francs tireurs réunis à Bruyères, Remiremont, et de mobiles de la Meurthe et des Vosges en train de se former à Épinal, et malgré mes soixante ans, comme j'avais toujours bon pied et bon œil, l'idée me venait d'aller les rejoindre; ce qui me retenait, c'était cette pauvre femme, qu'il aurait fallu laisser seule dans notre baraque.

Les mauvaises nouvelles se suivaient de jour en jour; la *Gazette vosgienne* nous apprenait la capitulation de Sedan le 2 septembre, la proclamation de la République le 4, le départ de Crémieux pour organiser la défense nationale à Tours, l'occupation de Colmar par les Badois, leur arrivée à Mulhouse, ainsi de suite.

On aurait dit que le ciel tombait sur nous pour nous écraser.

La seule chose qui nous relevait un peu le cœur, c'était la proclamation de la République, mais on aurait voulu la voir arriver dans un autre moment; elle était trop en danger, et les gueux qui nous avaient mis dans cette situation ne se souciaient pas alors de nous tirer d'affaire.

Vers ce temps, un matin, ayant rêvé toute la nuit à nos misères, je pris le parti d'aller voir ce que faisaient ma fille et mon gendre, avec les petits enfants, au Chèvrehof; le meilleur moyen d'avoir de leurs nouvelles était encore d'aller en chercher soi-même.

Je le dis à ma femme, qui m'approuva tout de suite, me suppliant seulement de ne pas prendre avec moi mon fusil; elle se mit en quelque sorte à mes genoux, pour m'en empêcher, craignant sans doute que l'idée ne me vînt en route d'aller rejoindre les francs-tireurs.

Il fallut consentir à ce qu'elle voulait, et le lendemain je partis avec mon bâton, vers trois heures du matin, avant le lever du soleil.

A cinq heures je tournais le dos à la Pierre-d'Appel, grimpant à droite, sous bois, le sentier des Trois-Scieries, jusqu'au haut de la Holte; comme les houlans ne faisaient que parcourir la vallée de Celles, de Schirmeck à Vexaincourt, par Raon-sur-Plaine, je ne tenais pas à suivre la route départementale, pour être arrêté; j'aimai mieux grimper les ravins du Rabodeau.

Après les grandes averses du mois d'août, le temps s'était bien remis, le beau soleil d'automne brillait à travers les sapins, sur toutes les pentes; mais la guerre avait arrêté le travail forestier, tout chômait dans la montagne; on ne voyait que des *troncs* entassés autour des vieilles scieries de Brisegenoux, de Saint-Maurice, de Malfosse, et plus haut jusqu'à celle de Coichot : rien ne marchait plus, on n'entendait plus le grincement des charrettes dans les ornières et le cri des voituriers : « Huc, Bruno !... » tapant sur leurs petits bœufs roux, pour conduire les planches et les madriers aux écluses.

On n'entendait que l'eau tomber dans les vannes et galoper en écumant sur les galets du Saint-Prayel; c'était bien triste!

Je montais toujours, rêvant à ces choses, écoutant au loin si rien ne remuait, regardant à droite et à gauche avant de tourner un bouquet d'arbres, pour ne pas me trouver nez à nez avec quelque reconnaissance d'Allemands, qui sont les plus grands espions du monde.

Je me repentais mille fois de n'avoir pas emporté mon fusil, au lieu de cette grosse trique, qui ne pouvait me servir à rien dans une pareille rencontre. Mais les femmes sont obstinées; la mienne me connaissait depuis trente ans, elle savait que la tentation de tirer aurait été trop forte si j'avais rencontré des houlans, et que j'aurais tout hasardé plutôt que de perdre l'occasion.

Enfin, après avoir laissé Celles, Vexaincourt et Luvigny à gauche, j'arrivai vers midi dans les sapinières du Donon, et une heure après j'étais en haut, parmi les grosses roches où les prêtres sauvages, à ce qu'on raconte, égorgeaient les prisonniers de guerre, avant la venue de Notre-Seigneur Jésus-Christ.

C'est bien possible, mais les sauvages de nos jours n'ont plus besoin de prêtres pour égorger les prisonniers, ils les laissent mourir de froid, de faim et de misère!

En haut, je m'assis sur une de ces roches, au milieu des ronces où passait le vent, mon bâton entre les genoux, et je me mis à regarder l'Alsace par-dessus les cimes innombrables des sapins.

J'avais derrière moi la vallée de Celles, et en face, de l'autre côté du Rhin, la Forêt-Noire; à gauche la Lorraine, avec ses étangs qui reluisaient au soleil, et à droite, par delà Schirmeck, où descend la Bruche, la crête du Climont et le plateau du Champ-de-Feu.

Je regardai longtemps, à travers le bleu du ciel, au bout de ces plaines sans bornes.

Ma vue n'était pas encore mauvaise; mais de si haut et de si loin, il faut quelque temps pour se reconnaître.

Là-bas, dans la direction de Barr, au pied des montagnes, brûlait un village; ce n'était qu'une étincelle qui brillait, puis semblait s'éteindre, comme il arrive dans tous les incendies.

Oui, ce village brûlait! Qu'est-ce que c'était? je ne l'ai jamais su!

Bien d'autres avaient brûlé avant, et d'autres brûleront après... Et les gens courront, ils crieront, les femmes et les enfants pleureront ensuite dans la misère, en se rappelant qu'ils avaient du bien, qu'ils étaient heureux, et puis que l'ennemi est venu, que tout s'est envolé en fumée, et qu'ils sont devenus pauvres, qu'ils ont faim...

C'est la guerre!

Ayant regardé ce spectacle tout pensif, je tournai la tête, cherchant des yeux Strasbourg, près du Rhin.

Il m'aurait été difficile de le découvrir, sans la fumée qui montait sur les décombres, et les éclairs du canon, qui de seconde en seconde s'étendaient autour sur la plaine.

Le bombardement durait depuis un mois jour et nuit, sans interruption. On n'entendait rien à cette hauteur, rien qu'un bourdonnement sourd dans les échos, vers Mutzig et Saverne. Sans doute alors quelque énorme bombe venait d'éclater; puis le vent dans les ronces effaçait tout, et ces grands bruits de là-bas se perdaient dans un souffle. Que l'homme est peu de chose!

Au bout d'un quart d'heure, ne voyant rien de plus, je cassai la croûte de pain que j'avais emportée pour mon déjeuner, je bus un bon coup de kirsch à ma gourde, et jetant un dernier regard sur la grande désolation de notre pauvre Alsace, je gagnai lentement, à travers les bruyères, la route de Framont à mi-côte, celle que nos anciens avaient si bien défendue en 1815 et qu'il nous fallait abandonner, faute de soldats.

Ces soldats étaient dans la poche de quelques braves gens, amis intimes de l'Empereur : ils les avaient peut-être déjà bus et mangés, en chantant ses louanges, et le pays, qui les avait payés durant vingt ans, ne les trouvait plus au moment du danger. Ils étaient digérés, avec les canons, les fusils et les munitions qui nous manquaient; et maintenant, le peuple, les bourgeois, qui payaient pour avoir une armée, devaient faire campagne eux-mêmes à la place des autres.

Voilà les hommes qui demandent à revenir, qui réclament un nouveau plébiscite, pour nous achever.

Cela ferait rire, si la honte d'entendre crier de pareils gens, de les voir outrager la nation, ne vous soulevait le cœur.

A Framont, je fis halte une minute à l'auberge de la *Grappe*, où j'appris du père Laurent, l'aubergiste, que les dragons badois venaient souvent chez eux faire des réquisitions en vivres et fourrages, et qu'ils s'en retournaient à Mutzig, escortant les voitures qu'on était encore obligé de leur fournir.

« Quand tout n'est pas de première qualité, dit-il, les réquisitions se doublent le lendemain. »

L'indignation suffoquait ce pauvre vieux et sa femme; quelques habitants de l'endroit, qui se trouvaient à l'auberge, écoutaient, frémissants de colère; mais comme un seul coup de fusil sur les Badois aurait fait brûler le village, il fallait bien courber les épaules.

La mère Laurent m'avertit de ne pas passer par Schirmeck, où se trouvait un poste, et je gagnai Ober-Hazlach par la forêt, puis les ruines du Nideck, où commence la côte du Schnéeberg, presque aussi haute que celle du Donon.

C'est peut-être l'endroit le plus sauvage, le plus retiré de tous ces pays; le canon de Strasbourg, alors beaucoup plus proche, retentissait dans les gorges.

La femme et la fille du garde forestier qui demeurait près des ruines furent tout épouvantées de me voir.

« Mon Dieu, me dit la femme, en me reconnaissant, nous vous avions pris pour un Allemand. Où donc allez-vous, père Jérôme?

— Je vais voir mes enfants, au Chèvrehof; nous n'en avons plus de nouvelles, et par ce temps de malheur, cela nous inquiète.

— Ah! dit-elle, vous avez de la chance que les dragons badois ne vous aient pas rencontré; ils vous auraient attaché à la queue d'un cheval, comme ce pauvre Mathieu, de la scierie, qu'ils ont fait courir jusqu'à la mort.

— C'est bon, madame, ils ne me prendront pas, j'ouvrirai l'œil. »

Et m'étant assis un instant dans la petite maison forestière, je m'informai de ce que le garde était devenu; il était parti depuis la bataille de Reichshoffen, et ces bonnes gens savaient qu'on l'employait avec quelques autres au service des dépêches, du côté de Wesserling.

Cela me fit plaisir, et je partis de là vers cinq heures, pour grimper la terrible côte du Schnéeberg, où je n'arrivai qu'à la nuit close.

De la Schnéematt, on voyait le bombardement de Strasbourg comme peint en rouge au fond de la plaine; les obus montaient et descendaient autour en demi-cercle, et chaque coup tonnait dans les roches.

Mais à quoi bon parler de ces choses? Tout le monde les a vues et se les rappelle.

Je poursuivis mon chemin par la sapinière, et vers neuf heures j'arrivais à Dabo, sous la roche de Saint-Léon.

Le pauvre village ne donnait pour ainsi dire pas signe de vie : toutes les baraques étaient fermées, et pas un chien n'aboyait ni de près ni de loin.

Mais, étant trop fatigué pour continuer ma route, je fis halte devant l'auberge d'Antoine Dielenschneider. Une lumière brillait par les fentes des volets; on parlait à l'intérieur.

Au premier coup que je frappai, la lumière s'éteignit et tout se tut. On ne voulait pas m'entendre.

Je frappais, je frappais, criant :

« Antoine!... Antoine!... »

A la fin pourtant, l'aubergiste entr'ouvrit sa porte en bégayant : « Qui... qui... qui est-ce qui est là?

— C'est moi, Jérôme, de la Bourgonce...

— Ah! ah! c'est vous... Ah! c'est différent... Entrez... entrez! »

Il s'aplatit contre le mur pour me laisser passer; puis, remettant la barre, il ralluma sa lampe, tout tremblant, dans la cuisine, et nous entrâmes ensemble dans la salle d'auberge, où rien ne bougeait.

Aussi quel ne fut pas mon étonnement de la voir pleine de monde, des messieurs et des dames, tous bons bourgeois de la plaine, accoudés autour des tables de sapin, me regardant, les yeux écarquillés, sans murmurer un mot.

Ils étaient venus se réfugier à Dabo depuis la bataille de Reichshoffen, attendant la fin de la guerre.

Aussitôt que je fus assis et que Dielenschneider eut expliqué qui j'étais, chacun me demanda des nouvelles.

Je leur dis que chez nous on n'avait pas encore vu d'Allemands; que des francs-tireurs et des mobiles se réunissaient vers Épinal; que les mobiles de Saint-Dié se trouvaient à Metz, ayant reçu l'ordre de partir au premier moment; et que sauf quelques batteurs d'estrade des dragons badois établis à Schirmeck, qui poussaient leurs reconnaissances jusqu'à Raon-sur-Plaine, l'ennemi ne paraissait nulle part dans la vallée de la Meurthe; que, du reste, les gardes nationaux les attendaient.

La mère Berbel, la femme de l'aubergiste, étant venue me servir du fromage et du vin, tout à coup ces gens, pendant que je mangeais, se mirent à raconter plusieurs ensemble, comme des êtres heureux de pouvoir dire aussi quelque chose, qu'ils étaient arrivés de partout, après la bataille de Reichshoffen; qu'une compagnie de francs-tireurs, des jeunes gens de bonne famille, étaient aussi venus pour défendre Dabo, mais qu'à la première nouvelle de l'approche des Allemands, une nuit, tous avaient pris leur volée dans la haute montagne, et que fort heureusement les Allemands n'avaient pas profité de leur retraite, ne voulant pas quitter la grande route, ni la ligne du chemin de fer; qu'ils assiégeaient Phalsbourg, et autres choses semblables.

Je leur répondis que chez nous les francs-tireurs de la Meurthe et des Vosges ne suivraient pas l'exemple de ceux dont ils parlaient et qui peut-être, ne se voyant pas en nombre, avaient bien fait de se réunir aux nôtres, pour attendre l'ennemi. Et là-dessus je demandai à me coucher.

Antoine me conduisit dans sa grange, où je m'étendis sur une botte de paille, tous les lits de la maison étant occupés par ces étrangers.

Le lendemain, au petit jour, après avoir payé ma dépense, je descendis au Chèvrehof, sans rencontrer un seul Allemand.

Vous pensez bien que ma fille, mon gendre et les enfants furent étonnés de me voir, et que l'on s'embrassa de bon cœur.

Duhem était bien triste, l'ouvrage ne marchait plus, tout était hors de prix; sans leur vache et leur champ de pommes de terre, entre les bois, au haut de la côte, on n'aurait pas su comment vivre.

Richarde tempêtait, serrant les poings et maudissant les Bavarois qu'elle avait vus passer par escadrons dans la vallée, avec leurs canons et leurs chevaux innombrables, sans s'arrêter, car ils criaient tous : « Parisse!... Parisse!... (1) » et n'avaient pas de temps à perdre; sans cela, leur baraque et tout le pays auraient été pillés de fond en comble.

« Ah! quand le bon Dieu nous laissera-t-il prendre notre revanche? » disait-elle.

Duhem, tout pâle, se taisait; s'il n'avait pas eu cette masse d'enfants, je suis sûr qu'il aurait tout quitté pour se joindre aux francs-tireurs.

Son indignation à lui venait surtout de ce que les Allemands, en passant, nous appelaient par moquerie :

« La grande nation! »

Il me fallut rester là deux jours, tant j'étais

(1) « Paris!... Paris!.. »

fatigué d'avoir grimpé durant treize lieues, toujours par des chemins de traverse.

Enfin, le troisième jour, de très-grand matin, ayant embrassé les enfants dans leur lit et serré la main du brave Duhem, je me remis en route, suivant à peu près le même chemin pour revenir à la Bourgonce. Entre six et sept heures du soir, je me retrouvais à Framont, à l'auberge de la *Grappe*, où je passai la nuit, et c'est là que j'ai vu les premiers Allemands revenir en déroute de Pierre-Percée.

Cette fois, leur reconnaissance n'avait pas complétement réussi, ils avaient rencontré des francs-tireurs et des mobiles, et cinq charrettes de blessés les suivaient.

On n'a jamais vu de gens plus furieux, plus indignés. Ils entraient dans les maisons, demandaient du linge, de l'eau-de-vie; ils hurlaient et menaçaient de tout brûler au moindre retard à les servir.

Par bonheur, l'officier qui s'élança dans notre salle, suivi de quelques hommes, me voyant là, tranquillement assis à table, en train de souper avec Laurent et sa femme, me prit pour un domestique de l'auberge. S'il avait su que je venais de la vallée de la Meurthe, il m'aurait bien sûr traité en espion : le temps de me conduire dans la rue, de m'appliquer contre le mur, et pan... mon voyage aurait été fini tout de suite.

C'était leur manière de vous juger, comme nous l'avons appris plus tard.

Après tout ce bruit, ils poursuivirent leur chemin vers Schirmeck; et moi, pensant d'après leurs menaces qu'ils ne tarderaient pas à revenir en force, j'allai me reposer quelques heures seulement et je repartis d'un bon pas, au clair de lune, pour ne pas me faire prendre à leur retour.

Je regagnai le haut du Donon, les trois scieries du Rabodeau, Étival, et vers neuf heures du matin je rentrais à la Bourgonce, dans ma baraque, où la moitié du village vint me demander des nouvelles de Richarde, de l'Alsace et surtout de la rencontre des francs-tireurs avec les Badois, aux environs de Celles; mais, n'ayant pas été témoin de l'affaire, je dis simplement ce que je savais : le passage des cinq voitures de blessés à Framont, et la fureur des Allemands, qui menaçaient de revenir bientôt.

Cette rencontre heureuse ranima le courage de bien des gens timides; le rapport en fut affiché dans toutes les communes, à la porte des mairies.

Le voici. Vous le lirez peut-être avec plaisir

Rapport du capitaine de la compagnie des francs-tireurs de la Haute-Saône.

« Le jeudi 22 septembre, par ordre de M. le préfet des Vosges, la compagnie des francs-tireurs de la Haute-Saône est partie pour Rambervillers.

« A Girecourt, une dépêche du maire de Rambervillers, annonçant que les Prussiens étaient à Raon, décida la compagnie à se porter rapidement sur Raon-l'Étape, où elle arriva vers huit heures du matin. Le capitaine se mit tout de suite à la disposition du commandant de la garde mobile, M. Brisac.

« Il fut convenu que la compagnie, renforcée de la compagnie Marchal et de deux compagnies de la garde mobile, remonterait la route de Raon à Celles, jusqu'à l'ouverture de la vallée de Pierre-Percée, et suivrait cette vallée jusqu'à Pierre-Percée même, qu'elle occuperait s'il était possible.

« La compagnie arriva vers une heure à l'entrée de la vallée et attendit la compagnie Marchal et les deux compagnies de la garde mobile qui devaient opérer avec elle.

« La compagnie Marchal poussa une reconnaissance jusqu'à Celles, où elle s'arrêta.

« Vers une heure et demie, les deux compagnies de la garde mobile arrivèrent à la scierie de la Jus, au point de jonction des deux vallées, où elles firent halte, pour laisser reposer les hommes.

« Les francs-tireurs de la Haute-Saône occupaient le côté gauche de la vallée; la garde mobile faisait halte du côté droit, à l'entrée de la même vallée, un peu en retrait vers la scierie.

« A deux heures, des femmes arrivant par la route de Pierre-Percée annoncèrent par des cris que les Prussiens s'avançaient.

« A cette nouvelle, une vingtaine d'hommes de la compagnie des francs-tireurs de la Haute-Saône traversèrent la vallée au pas de course, pour aller prévenir la garde mobile de l'arrivée de l'ennemi. Trente hommes de la même compagnie se déployèrent en tirailleurs dans le bois où ils se trouvaient.

« Aussitôt prévenue, la garde mobile prit position dans les broussailles placées entre la ferme et la scierie; les deux côtés de la vallée se trouvaient protégés par ce double mouvement.

« A deux heures et demie, la tête de colonne prussienne ayant dépassé la ligne des tirailleurs, les francs-tireurs ouvrirent, à quatre-vingts mètres environ, un feu très-nourri, pendant vingt minutes, et qui continua, en

Et je me mis à regarder l'Alsace... (Page 36.)

se ralentissant, pendant trois quarts d'heure environ.

« La garde mobile, de son côté, répondit bravement au feu de l'ennemi.

« Pendant la fusillade, une partie de la colonne prussienne essaya de tourner la position des francs-tireurs, pour leur couper la retraite ; en même temps, les flanqueurs ennemis arrivaient par le haut de la colline et auraient pris les francs-tireurs entre deux feux, s'ils ne s'étaient repliés de suite, ce qu'ils firent sans cesser le feu. Ils traversèrent ensuite la vallée, passèrent la rivière de la Plaine et prirent position dans un bois situé en face.

« Le lieutenant Godard, attaché à la compagnie comme officier du génie, et trois francs-tireurs, n'avaient pas suivi le mouvement ; ils étaient restés au bord de la colline, dans la situation périlleuse que nous avions cherché à éviter.

« A ce moment, le jeune Ménard, Louis, de Gonhemont, traversa la prairie sous le feu et vint les avertir du danger. En revenant avec eux, toujours sous le feu de l'ennemi, il tua un officier monté, qui se trouvait arrêté auprès de la scierie, d'où il dirigeait le mouvement.

« Les Prussiens pénétrèrent dans la scierie et découvrirent dans une alcôve un blessé de la mobile, que notre chirurgien, le docteur Gauthier, venait de panser ; ils lui tirèrent deux coups de fusil et le jetèrent ensuite par la fenêtre, le laissant pour mort.

Le vieux fermier et son fils couchés devant leur baraque en flammes. (Page 43.)

« De l'autre côté de la vallée, les flanqueurs ennemis ouvrirent à travers le bois un feu très-vif sur le flanc de la garde mobile et des francs-tireurs qui l'accompagnaient.

« Une partie des gardes mobiles et les francs-tireurs se portèrent avec beaucoup d'entrain sur la lisière du bois et parvinrent rapidement à déloger les tirailleurs ennemis; c'est sur ce point que leur feu nous fit éprouver les pertes les plus sérieuses.

« Au même moment, la mort du commandant prussien tué par le jeune Ménard les décida à battre en retraite; le feu se ralentit, et l'ennemi remonta la vallée par laquelle il était venu, emportant ses morts et ses blessés, sauf un.

« Les forces prussiennes se composaient de deux compagnies, que nous avons évaluées à quatre cent cinquante hommes environ et vingt-cinq cavaliers; elles étaient commandées par trois officiers montés.

« D'après les renseignements qui nous ont été transmis, les paysans des environs ont été requis de faire des fossés, où ont été enterrés quarante-sept hommes, dont deux officiers. Le corps du commandant a été enfermé dans un cercueil et expédié en Prusse. Enfin, un quatrième officier a été trouvé mort par un garde forestier.

« Les pertes de nos troupes se sont élevées, suivant le rapport ci-annexé du chirurgien des francs-tireurs, à deux gardes mobiles tués et trois blessés, dont l'un très-grièvement.

« La compagnie des francs-tireurs n'a pas éprouvé de pertes, grâce à la position avantageuse qu'elle occupait dans le bois.

« J'ai le plaisir de signaler la belle conduite du docteur Gauthier, qui a donné ses soins à plusieurs reprises, sous le feu ennemi, aux blessés de la garde mobile.

« J'ai lieu de me féliciter vivement qu'on ait attaché à ma compagnie M. Godard, lieutenant du génie, dont nous avons apprécié les bons conseils et le sang-froid au moment de l'action.

« Raon, le 26 septembre 1870.

« *Signé :* DE PERPIGNAN. »

On lisait encore cette affiche devant la mairie, quand Strasbourg, le 28 septembre, ouvrit ses portes aux Allemands.

La grande armée qui faisait le siége de la ville devint libre, et chacun pensa qu'elle ne tarderait pas à entrer dans les montagnes.

Tous les étrangers qui passaient à la Bourgonce, les jeunes gens échappés de l'Alsace, allant rejoindre Cambriels vers Langres et Épinal, disaient :

« Le chemin est ouvert; ce n'est pas trois bataillons de francs-tireurs et quelques mobiles réunis à Raon-l'Étape qui peuvent garder vos défilés; bientôt les Badois seront ici. »

Ils avaient raison; huit jours après, nous devions les voir bombarder nos baraques.

II

Mais, pour bien comprendre ce que je vais vous dire maintenant, il faut se représenter le pays entre Saint-Dié et Étival.

Lorsque vous descendez de Saint-Dié à Raon-l'Étape, en suivant l'ancienne route nationale ou le chemin de fer sur l'une ou l'autre rive de la Meurthe, en arrivant à la gare de Saint-Michel, vous apercevez un plateau qui s'étend à votre gauche; au-dessus de ce plateau se découvrent, parmi les vergers, trois ou quatre petits clochers, et plus loin la ligne des montagnes vers la France.

En avant de cette ligne s'avancent deux pitons exactement pareils et tout noirs de sapins : ce sont les Jumeaux.

Entre les deux cimes se développe une gorge; au fond de la gorge se trouvent : d'un côté, la Bourgonce, où je demeure, appuyée contre le piton du sud, et de l'autre côté, la Salle, appuyée contre l'autre piton en face.

Les deux petits villages sont éloignés l'un de l'autre d'environ deux kilomètres, qui mesurent la largeur du vallon.

Là, vous êtes au milieu des bois; tout autour de vous s'élèvent en pentes les forêts de Saint-Michel, des Jumelles, etc.; jamais on n'aurait cru que la guerre viendrait chez nous.

En avant de la gorge se croisent deux chemins; l'un, d'Étival à la Bourgonce, entre sous bois et se rend à Bruyères; l'autre, de la gare de Saint-Michel à la Salle, conduit à Rambervillers.

A leur embranchement, sur le plateau des Jumeaux, se trouve Nompatlize; le plateau, y compris ses pentes légères et ses ondulations, peut bien avoir de cinq à six kilomètres dans tous les sens; il est bordé d'autres petits villages, tels que les Feines, Brehimont, Biarville, Deyfosse, vers la ligne du chemin de fer; et de l'autre côté, Lehan, Saint-Remy, Saint-Odile, sur la lisière des forêts.

La route d'Étival à Nompatlize traverse en ligne droite un petit renflement de terrain appelé la Mollière, qui domine tout le pays.

C'est là que les nôtres, arrivant, dans la nuit du 5 au 6 octobre, de Remiremont et de Bruyères, auraient dû se porter d'abord pour commander le champ de bataille; mais ils n'avaient pas assez de canons, je pense; et de jeunes troupes, des mobiles qui n'ont jamais manœuvré ni même fait l'exercice, pouvaient difficilement tenir en rase campagne.

Enfin, que ce soit pour ces raisons ou pour d'autres, notre petite armée se tint plus en arrière, près des montagnes; en reculant de quelques pas sous bois, son feu balayait la plaine à deux mille cinq cents mètres.

Mais vous verrez cela plus tard; j'ai voulu seulement vous donner une idée de la position.

Sept jours après la prise de Strasbourg, le 5 octobre au matin, Petit Genêt, le colporteur, arrivant la hotte au dos, s'arrêta quelques instants à l'auberge de la *Pomme du pin*, et dit à tous ceux qui voulaient l'entendre que les Badois, cavalerie, infanterie, artillerie, venaient de déboucher en deux colonnes, l'une par la vallée de Celles à Raon-l'Étape, l'autre par la vallée de Senones à Étival; qu'à Raon, ayant essuyé le feu d'une dizaine de vieux soldats embusqués près de la Trouche, ils avaient fusillé dans les rues, au hasard, tous ceux qui se rencontraient;

de sorte que dix-neuf honnêtes bourgeois, pères de famille, complètement étrangers à l'affaire, se trouvaient étendus sur le pavé; et que la colonne d'Étival, poursuivant quelques francs-tireurs en retraite sur Rambervillers, par les bois de la Haute-Sapinière, avait mis le feu dans les deux petites fermes de Pancrace et de la Chipotte, en massacrant les pauvres gens qui s'y trouvaient.

« Le vieux fermier de la Chipotte et son fils sont là, couchés devant leur baraque en flammes, disait-il; la grand'mère seule a échappé au carnage, s'étant sauvée sous bois; mais elle est comme folle. »

C'est ce que ce colporteur avait vu, caché dans un fourré voisin; et, les Badois à peine partis, il s'était dépêché de prendre la traverse, en allongeant le pas.

Figurez-vous l'épouvante des femmes et même d'un bon nombre d'autres, en apprenant que des barbares pareils se trouvaient à sept kilomètres de chez nous, et qu'ils ne pouvaient tarder à venir.

Moi, je ne pensais qu'à la vengeance; mais comme les traîtres ne manquaient pas au village, non plus qu'ailleurs, et qu'on pouvait être dénoncé pour avoir tiré sur les Prussiens, je me contentai provisoirement d'aller examiner moi-même aux environs ce qui se passait.

Je grimpai la côte des Jumelles dans les ronces, jusqu'au-dessus de Nompatlize, pensant voir de loin quelques houlans sur la plaine, mais je n'en vis point.

Les Allemands étaient encore tous là-bas, et les mobiles de la Meurthe et des Vosges, avec quelques francs-tireurs, arrivaient seuls, en retraite, sans être poursuivis.

Un grand nombre occupaient déjà Brehimont, Biarville, la Vacherie, de ce côté-ci du chemin de fer.

Je descendis les voir. Ils s'établissaient par bandes dans les vergers, dans les jardinets autour des maisonnettes, posant leurs marmites dans les ruelles et faisant leur cuisine au milieu des femmes et des enfants qui venaient les regarder.

J'ai vu ça. C'étaient de braves garçons; les uns en grosse vareuse de laine brune et chapeau de feutre; les autres en blouse et casquette de toile, la musette aux provisions sur la hanche.

Ils ne demandaient rien pour rien, le préfet d'Épinal ayant d'ailleurs envoyé l'ordre à tous les maires de ne rien leur donner sans autorisation écrite.

Ils avaient tous la barbe longue d'un mois et paraissaient bien résolus à nous défendre.

Leur air décidé me fit plaisir, cela me remonta le cœur.

Le soir, en rentrant à la maison, mon parti de soutenir les nôtres était arrêté; Catherine le devinait à ma figure; et, comme nous mangions notre lait caillé et nos pommes de terre, tout pensifs, elle se mit à me demander :

« Qu'est-ce qui se passe, Jérôme?

— Oh! pas grand'chose; quelques francs-tireurs sont arrivés de Brehimont, à la Vacherie, près de la gare; ils se reposent dans les champs, ils font bouillir leurs marmites.

— Oui, c'est bon; mais les Allemands arrivent d'Étival, derrière eux...

— Les Allemands!... Qu'est-ce que les Allemands auraient à gagner ici? S'ils vont quelque part, c'est à Saint-Dié, frapper des réquisitions. A Saint-Dié, c'est tous gens riches, bons bourgeois, rentiers, fabricants, commerçants, sans parler de l'évêché et du grand séminaire, où l'on ne souffre pas non plus de la disette. A la bonne heure, c'est là qu'on peut réquisitionner des cent et des mille; mais ici, à la Bourgonce, nous sommes tous maigres comme des râles... Qu'est-ce que ces Prussiens auraient à nous demander? »

Elle me regardait dans le blanc des yeux et ne paraissait pas beaucoup me croire.

« Oui! mais, fit-elle, Rosalie Bénard dit que les chemins de Remiremont et de Bruyères se croisent en avant du village, à Nompatlize, et que si les Allemands veulent gagner Épinal, ils seront bien forcés de passer ici. »

Ce Bénard était du conseil municipal, et sa femme, la grande Rosalie, allait partout raconter comme une pie borgne ce qu'on délibérait à la mairie.

Cela me fâcha; je répondis à Catherine que si les Prussiens venaient, on s'arrangerait pour les bien recevoir, et qu'un vieux soldat, un ancien sergent, ne pourrait pas rester les bras croisés dans une occasion pareille, sans passer pour un vaurien.

Alors les cris commencèrent, mais je me levai, j'allumai ma pipe et je sortis.

Les femmes n'ont pas de raison; la mienne m'ennuyait depuis longtemps à force de veiller sur moi; si j'avais voulu l'écouter, j'aurais mis des gilets de flanelle en hiver, contre le rhume, et des bas de laine sous mes guêtres, dans mes sabots! Oui, elle m'ennuyait... Je sortis pour ne pas me fâcher.

La rue était pleine de monde, regardant au

loin monter la fumée derrière la Haute-Sapinière, où brûlaient les deux fermes. Et c'est là que je vis l'égoïsme et la bêtise des gens; les uns couraient, la pioche sur l'épaule, enterrer leurs deux liards; les autres joignaient les mains et disaient qu'il fallait se réunir à l'église et prier la sainte Vierge d'empêcher les Prussiens de venir!...

Je pourrais tous les nommer, mais j'aime mieux me taire, car des gens pareils sont la honte d'un pays. Et puis nous en avons vu bien d'autres, comme l'enlèvement de la caisse du 32e de marche... Mais c'est assez sur ce chapitre.

Ah! quels tas de gueux et d'imbéciles on rencontre dans ce monde! Il faut de grandes occasions pour apprendre à les connaître; rien que d'y penser, cela fait frémir.

Ma femme vint aussi crier avec les autres, et je rentrai bien vite m'assurer qu'elle n'avait pas caché mon fusil; heureusement elle n'y avait pas encore pensé. Je le décrochai de dessus la porte, et j'allai le fourrer sous quelques bottes de paille dans la grange, derrière les poutres.

Catherine revint presque aussitôt, et, voyant que le fusil n'était plus à sa place, elle recommençait à crier, mais je lui dis :

« Écoute, si tu m'ennuies, je pars tout de suite me mettre avec les francs-tireurs de Colmar, à Brehimont, près de la gare, où les coups vont pleuvoir comme la grêle, et tu ne me verras plus jusqu'après l'affaire, si j'en reviens; ainsi, laisse-moi tranquille! »

Nous étions encore à nous disputer, quand tout à coup j'entends dehors une troupe défiler; je regarde, c'était un bataillon de mobiles arrivant de Bruyères; il allait en avant du village. La nuit était profonde; les officiers marchaient auprès de leurs hommes, en disant :

« Par ici!... par ici!... »

D'autres commandements s'entendaient au loin, sur le plateau de Nompatlize :

« Halte!... Front!... Sac à terre!... etc.

J'étais penché dans notre petite fenêtre et j'écoutais; Catherine ne disait plus rien.

Et toute cette nuit, jusqu'au matin, d'autres troupes, sortant de la forêt derrière nous, défilèrent par la Bourgonce et la Salle et prirent position de Saint-Remy à Nompatlize.

Je vous ai déjà dit que trois bataillons de mobiles de la Meurthe, un bataillon de mobiles des Vosges et quelques compagnies de francs-tireurs occupaient les hameaux entre le chemin de fer et la montagne; dans cette nuit arrivèrent un régiment de mobiles des Deux-Sèvres, des compagnies de francs-tireurs de la Marche, du Rhône, et des Bretons; le 32e de marche; enfin le 2e bataillon de mobiles des Vosges, de Neufchâteau; il avait pris le chemin de fer jusqu'à Bruyères, et venait de Corcieux; en tout, huit mille hommes, avec quatre pièces de campagne, mais sans vivres, sans ambulances, accourant à la première nouvelle de l'entrée des Allemands dans la vallée de la Meurthe, et se portant, à mesure de leur arrivée, en avant des Jumeaux, pour défendre la route de Remiremont et d'Épinal.

Ces choses, nous les avons apprises plus tard, car alors une brume épaisse remplissait la gorge et s'étendait sur la plaine.

Je sortais de temps en temps jeter un coup d'œil aux environs; mais on ne voyait pas au bout de notre ruelle, et je rentrais fumer des pipes, rêver au coin de l'âtre.

Ma femme n'avait pas voulu se coucher, elle dormait appuyée contre le lit; et, voyant cela, sur les sept heures, j'ôtai tout doucement mes sabots, je mis à la cuisine une bonne tranche de pain dans mon havre-sac, j'entrai dans la grange prendre mon fusil, et je partis au milieu du brouillard, suivant le chemin de Nompatlize.

Il faisait encore sombre à l'ombre des forêts.

Derrière la haie à gauche, sur les prés, les mobiles essayaient d'allumer leurs feux dans l'herbe humide; mais à peine, de loin en loin, quelques petites flammes perçaient la brume; et sur la côte, à main gauche, d'autres mobiles dormaient, tout trempés de rosée, étendus dans les pommes de terre.

Malgré cela, le soleil rouge montant sur les sapins de la côte d'Auremont, vers l'Alsace, de l'autre côté de la vallée, ne pouvait plus tarder à faire sa trouée, et l'on sentait d'avance que la journée serait chaude.

Rien, du reste, n'était changé; les petites maisons se suivaient à la file le long du chemin, les coqs chantaient comme à l'ordinaire; les cloches de Saint-Remy, de la Salle, etc., se répondaient, sonnant matines; jamais on ne se serait douté que bientôt le pays allait s'éveiller au bruit du canon.

Et comme j'allais ainsi, un roulement sourd de pas et de fourgons derrière moi me fit tourner la tête; le 32e de marche, un général et un colonel en avant, arrivait par le brouillard, avec une pièce de huit et des fourgons de gargousses.

J'avais fait halte, et je le regardais défiler à droite, dans le chemin de la Void-de-Paru, pour gagner le coin du bois des Jumelles.

Alors je fus tout réjoui, car, on a beau dire, les anciens soldats n'ont pleine confiance que dans les troupes régulières, c'est plus fort qu'eux : de voir des hommes emboîter le pas, le fusil à volonté sur l'épaule, cela fait du bien ; on se dit que des hommes pareils savent obéir au commandement, obliquer à droite, à gauche, en bataille, ajuster, et croiser la baïonnette.

Oui, je respirai plus à mon aise ; et vingt minutes après, entre les premières maisons de Nompatlize, ayant jeté les yeux vers les Jumelles, ce fut une véritable satisfaction pour moi de reconnaître que la pièce était déjà en position au coin du bois, et pointée sur le plateau de la Mollière, les fourgons abrités derrière, dans une tranchée couverte de broussailles, les hommes de soutien à distance à droite et à gauche, en tirailleurs sur les deux versants de la côte.

Ah ! si nos mobiles avaient bien connu leur affaire !... Mais il faut du temps pour apprendre à manœuvrer, et combien de ces jeunes gens n'avaient pas même été à la cible ! Tout le pays en fourmillait ; ils arrivaient par bandes de la gare, et je les entendais dire que là-bas les Allemands s'avançaient sur deux colonnes, le long de la Meurthe, pour tourner le pont de la Voivre ; mais que les francs-tireurs embusqués près du chemin de fer les empêchaient de passer.

Sans mépriser les francs-tireurs, qui se sont bravement comportés partout, j'aurais mieux aimé des soldats de ligne, avec une ou deux pièces de canon ; mais il faut se contenter de ce qu'on a ; nos quatre pièces étaient en position ailleurs, elles ont rendu de grands services, et nous n'avions pas trop de munitions pour les approvisionner.

Enfin, nous allions voir !

Tout en gagnant le haut du village, à travers la masse de gens qui se sauvaient, emportant les uns leurs meubles, les autres chassant leur bétail, d'autres appelant les enfants perdus dans la bagarre, j'entendais déjà quelques coups de fusil vers Saint-Michel ; sans doute quelques dragons ennemis venaient de paraître auprès du pont, et nos francs-tireurs les saluaient.

Il pouvait être alors huit heures et demie, et je me disais que la grande giboulée ne tarderait pas à venir.

J'avais, au bout de Nompatlize, mon cousin, le vieux charron Millerot, auquel je fournissais du bois de charronnage ; sa maison est la plus avancée vers la gare ; comme j'entrais chez lui, le pauvre vieux, entendant la fusillade, criait :

« Nous sommes perdus ! »

Et sa femme, la vieille Madeleine, toute percluse de rhumatismes, essayait de se sauver sur ses béquilles.

Je l'arrêtai dans la cour en lui disant :

« Où courez-vous, Madeleine ?

— Ah ! laissez-moi... criait-elle ; laissez-moi... Que le Seigneur ait pitié de nous !...

— Tenez, lui dis-je en la prenant par le bras, entrez dans la cave, vous serez bien. »

Je l'aidai même à descendre, et j'allai prendre au hangar une botte de paille que je lui jetai en criant :

« Couchez-vous là-dessus, et ne craignez rien, il ne vous arrivera pas de mal. »

Après quoi je fermai la porte.

Le père Millerot me regardait faire sans rien dire, il murmurait je ne sais quoi.

Nous montâmes au premier ; les deux fenêtres du coin, en haut, donnaient l'une sur les Feines, et l'autre sur le plateau de la Mollière ; on voyait de là toute la plaine : les montagnes bleues du côté de l'Alsace, à perte de vue ; Étival au nord, Herbaville au sud, et toute la ligne du chemin de fer, comme tracée à l'encre devant sol.

Malheureusement, si la maison jouissait d'un beau coup d'œil, on la voyait aussi de loin, d'autant plus qu'elle venait d'être recrépie et blanchie à neuf, c'était la plus belle cible du pays ; Dieu sait les balles et les boulets qu'elle allait recevoir.

La première chose que je fis, ce fut de décrocher les fenêtres et les volets et d'aller les porter dans une chambre derrière.

Millerot, sa tête grise entre les mains et les coudes sur la table, ouvrait de grands yeux et soupirait :

« Oh ! oh ! quel malheur !... »

Il avait entraîné la moitié du village à voter pour le plébiscite, et voyait maintenant où cela nous avait conduits.

Les coups de fusil redoublaient à trois kilomètres en avant de nous, un peu sur la gauche ; les dragons badois voulaient tourner le pont ; les francs-tireurs de Colmar et de Neuilly tenaient ferme à la Vacherie ; je voyais la fumée de la fusillade monter sur les vergers, et dans ce moment même deux coups de canon tonnèrent du côté d'Étival.

Je courus à l'autre fenêtre : les Allemands, en masse, attaquaient Biarville, et, plus à gauche encore, un ou deux de leurs régiments défilaient, le fusil sur l'épaule, derrière la Mollière, pour attaquer Saint-Remy ; de l'endroit où j'étais, on voyait étinceler la frange de leurs baïonnettes derrière le plateau. La fusillade s'engageait aussi du côté de Saint-Remy, occupé par les mobiles des Deux-Sèvres; nous étions attaqués aux deux bouts de notre ligne et au centre.

A peine les coups de canon des Allemands avaient-ils tonné, que le nôtre, au coin du bois des Jumelles, leur répondait, puis les deux de la Bourgonce.

Ainsi commença la bataille, et dans tout Nompatlize ce ne fut qu'un cri :

« Les Prussiens arrivent!... »

En même temps, les portes, que les paysans avaient fermées à l'intérieur, étaient enfoncées à coups de crosse, et les mobiles envahissaient les maisons jusqu'au grenier, ouvrant le feu par les fenêtres et les lucarnes.

La chambre où nous étions, Millerot et moi, se remplit tellement de monde, qu'on se gênait les uns les autres pour tirer; cela fut même cause de la mort d'un certain nombre, qui ne purent s'éloigner à temps des fenêtres, après avoir fait feu, pour s'abriter derrière les murs.

Il faut aussi vous dire que plusieurs de ces jeunes mobiles ne savaient pas même épauler et qu'ils détournaient la tête avant de lâcher la détente. Un de leurs officiers s'en aperçut et donna l'ordre de former la chaîne, les bons tireurs en avant et les autres derrière pour charger; de sorte que le feu roulant commença dans les règles dès que les Allemands eurent dépassé Biarville, en face de nous, à mille mètres, et qu'ils se mirent en marche sur les Feines pour tourner le village.

Il pouvait être alors dix heures. La fusillade roulait; on se serait cru dans un moulin, et c'est dans cette demi-heure que notre maison fut tellement criblée de balles, qu'on ne mettrait pas la main au mur, du côté de Biarville, sans en couvrir trois ou quatre; on ne pouvait plus s'approcher d'une fenêtre sans risquer d'être tué sur-le-champ; deux ou trois fois, je sentis au milieu de la fumée celui qui me précédait s'affaisser contre moi; c'est à peine si je m'en apercevais, car dans des moments pareils on ne pense plus à rien : tout vous est égal, pourvu qu'on tue et qu'on se venge.

Enfin, en moins de vingt minutes, nous eûmes huit morts et dix-neuf blessés; notre maison seule faisait une ambulance. Mais cela ne nous empêcha pas de tenir là sous notre feu, à huit cents mètres, tout un bataillon des ces Allemands, sans lui permettre de faire un pas en avant pour gagner les Feines.

Nous avons appris par la suite que nous leur avions tué un commandant, pas mal d'autres officiers et beaucoup de soldats; de sorte qu'en passant le lendemain devant notre baraque, le général en chef ne put s'empêcher de dire :

« Cette maison nous a coûté cher! »

Je vous raconte seulement ce que j'ai vu moi-même de notre côté; cela ne signifie pas qu'à l'autre bout de Nompatlize et dans les autres villages on n'ait pas fait son devoir. Non! Je suis sûr, quoique plusieurs aient prétendu que certains bataillons de mobiles n'avaient pas tenu assez ferme, je suis sûr que ces jeunes gens se sont aussi bien comportés qu'il était possible de l'espérer d'hommes qui n'avaient jamais été au feu.

Ce qu'il y a de positif, c'est qu'il aurait fallu démolir la baraque du cousin Millerot, morceau par morceau, pour nous en chasser, si l'attaque des Allemands n'avait pas mieux réussi du côté d'Étival; c'est par là, en descendant de la Mollière, après avoir mis le feu dans dix ou douze maisons avec leurs obus, qu'ils sont entrés, remontant la rue au pas de course.

C'est alors aussi que notre officier nous commanda d'évacuer la maison, ce que nous fîmes en bon ordre, moi l'un des derniers.

Je me souviens que, trouvant le cousin Millerot assis en bas, sur la dernière marche de son escalier, parmi les morts et les blessés qu'on ne pouvait emporter et dont le sang coulait jusque dans la ruelle, je lui criai en passant :

« Cousin, éveillez-vous! Montez bien vite un drapeau blanc au bout d'une perche sur votre maison, si vous ne voulez pas être incendié; vous aurez une ambulance chez vous... mais il n'y a pas de temps à perdre. »

Et je sortis, suivant les autres sur la côte, où les tirailleurs du 32e de marche, alignés dans les broussailles, continuaient la fusillade sans interruption.

C'est principalement sur eux que pleuvaient les obus des Badois; en grimpant là-haut, à chaque instant, à droite, à gauche du sentier, dans les ronces, quelques-uns éclataient, soulevant la terre et le sable; il en tombait aussi plus loin dans la forêt, hachant les arbres.

Notre pièce balayait toujours le plateau de la Mollière.

A mi-chemin, me retournant pour prendre haleine, je vis la moitié de Nompatlize en flammes, et plus bas, dans les maisons de la grande rue, vers Étival, les Allemands en train de faire des prisonniers : tous les mobiles qui n'étaient pas sortis des maisons au moment de la retraite se trouvaient arrêtés, désarmés et mis en ligne pour aller à Brehimont, alors au pouvoir de l'ennemi.

Ceux qui ne marchaient pas tout de suite étaient fusillés sur la porte... C'est la guerre... Il n'y avait rien à dire!

Des masses de fumée montaient aussi sur la Bourgonce : le village brûlait ; nos deux canons en arrière répondaient à la batterie des Allemands, vers Étival.

Aux villages de la Salle, du Hau et de Saint-Remy, la fusillade pétillait, la fumée blanche de la poudre s'étendait sur toute la lisière des forêts, et les échos des Jumeaux répondaient à la canonnade.

En reprenant ma marche, je me rappelai Catherine ; cela me fit une terrible impression de la savoir là-bas dans notre village en feu ; mais je me dis qu'elle avait eu le bonheur de se sauver quelque part derrière les roches, et j'écartai de mon esprit cette idée, qui me brouillait la cervelle.

A peine en haut, derrière la ligne des tirailleurs, le clairon du 32e de marche sonnait le ralliement ; deux compagnies se réunissaient en colonne d'attaque et descendaient à Nompatlize, bousculant tout devant elles ; les Badois, surpris, abandonnaient en courant toute la partie haute du village ; malheureusement, les prisonniers étaient déjà partis pour Brehimont, sous escorte ; on ne put les délivrer.

Après cela, l'ennemi, resté maître des masures du côté de la Mollière, se rallia et revint à la charge, appuyé par ses pièces de Biarville : il fallut encore une fois tout abandonner.

D'instant en instant, les Badois recevaient des renforts en infanterie et en artillerie par le pont de la Voivre ; toute sa colonne de la rive droite passait sur la rive gauche ; ils n'eurent pas de peine à se rendre maîtres par ce moyen des Feines, après avoir délogé nos francs-tireurs de Saint-Michel, de Brehimont et de la Vacherie.

Ils recevaient aussi des secours par le pont d'Étival, ayant rappelé toutes leurs forces laissées à Raon-l'Étape pour garder le débouché de la vallée de Celles.

Contre le nombre toujours croissant, nos mobiles des Deux-Sèvres et les Bretons, après avoir tenu depuis le matin à Saint-Remy, venaient de se replier sur le petit village du Hau, et les Allemands, malgré leurs seize pièces lourdes, contre nos quatre petites pièces de campagne, n'osaient plus attaquer ; leur général, de Dégenfeld, voulait remettre la partie à deux ou trois jours, pour attendre toute l'armée de Werder, en route par la vallée de Barr. Un seul régiment de marche, quatre ou cinq mille mobiles qui voyaient le feu pour la première fois, et un millier de francs-tireurs accourus à la hâte, mal armés, mal équipés, sans vivres et presque sans munitions, lui paraissaient un trop grand obstacle au passage de son corps d'armée, de ses trois batteries, dont une de douze, et de ses dragons ; il voulait attendre trente mille hommes de renfort !..... C'est lui-même qui l'a dit ; chacun peut le lire dans le rapport du grand état-major prussien.

Voilà pourquoi, vers deux heures, les Badois se retirèrent des points les plus avancés qu'ils occupaient et se formèrent en ligne sur le plateau de la Mollière ; le feu se ralentit et cessa des deux côtés ; les Allemands ne demandaient qu'à se retirer provisoirement pour revenir à six contre un, selon leur habitude.

Mais le général Dupré comprit très-bien ce que signifiait ce mouvement de retraite, et, comme il n'avait à compter, lui, sur aucun renfort, après avoir réuni ses quatre pièces à la Bourgonce, en face des Allemands en bataille, au bout d'une demi-heure environ, il ordonna l'attaque générale par les Basses-Pierres à gauche et le bois des Jumelles à droite.

J'avais gardé le fusil d'un mobile blessé au commencement de la bataille, dans la maison du cousin Millerot ; je reçus des cartouches avant l'attaque, et je partis avec les tirailleurs du 32e en avant du bois ; mais il nous fut impossible de dépasser les Bruyères, parce que Nompatlize et les Feines étant restés au pouvoir de l'ennemi, nous étions pris entre deux feux.

C'est là que fut tué le colonel du régiment de marche ; il parcourait sans cesse au galop notre ligne de tirailleurs pour encourager les hommes, et tomba de cheval à quelques pas de moi. C'était un brave soldat !

Du côté des Basses-Pierres, l'attaque réussit mieux d'abord : les mobiles des Deux-Sèvres repoussèrent les Allemands de Saint-Remy et du Hau ; mais Étival leur envoya de nouveau du renfort : un bataillon de grenadiers, avec un escadron de dragons, arrivant à marche forcée de Raon-l'Étape, parut vers trois heures et rétablit le combat ; ils passèrent le ruisseau de la Valdange ; les nôtres tenaient comme des clous à la Salle ; mais toute l'aile

Les bons tireurs en avant... (Page 46.)

droite des Allemands se repliant alors sur eux, il fallut abandonner les villages là-bas et se retirer en forêt, où la fusillade continua longtemps ; quelques gardes nationaux de Rambervillers, de Saint-Benoît et de Jean-Menil étaient arrivés pour soutenir la retraite.

Cette partie du champ de bataille enlevée, l'ennemi se porta sur la Folie, en avant de la Bourgonce ; en même temps, toutes ses troupes arrivées par le pont de la Voivre foncèrent sur nous, et, voyant que nous risquions d'être entourés, nous commençâmes aussi lentement à nous retirer sous bois, en nous retournant à chaque arbre jusqu'au haut de la côte, pour continuer le feu.

Les canons et les fourgons de la Bourgonce étaient déjà partis du côté de Bruyères ; c'est aussi le chemin que nous prîmes ; les Allemands n'eurent pas envie de nous poursuivre, ils en avaient assez! On avait fait quelques tranchées et des abatis sur la route, mais ils ne vinrent pas les attaquer.

Ainsi finit le combat de Nompatlize, vers quatre heures du soir ; il avait duré sept heures.

Quelques francs-tireurs bretons et des mobiles des Deux-Sèvres, retirés au mont Repos, tiraillèrent encore deux ou trois jours contre des partis allemands qui voulaient les déloger ; puis ils allèrent rejoindre Cambriels, vers Épinal.

Quant à moi, voyant l'affaire terminée, et pensant bien que, si je retournais au village,

La pauvre vieille tomba dans mes bras. (Page 49.)

je serais pris et fusillé tout de suite, malgré mon grand désir de savoir ce qu'était devenue Catherine, à 2 kilomètres plus loin, je quittai les tirailleurs du 32e de marche, en leur souhaitant bonne chance, et je pris à gauche un sentier dans la forêt de Mortagne, qui me conduisit chez Nicolas Houlotte, le charbonnier, un de mes vieux camarades.

Tout en grimpant, je cassai la croûte de pain que j'avais emportée le matin et je la mangeai de bon appétit, n'ayant rien mis sous la dent depuis la veille au soir.

Au bout d'une heure de marche, tous les bruits s'éloignaient; l'idée de Catherine me revenait; je me reprochais presque ce que j'avais fait, me représentant la pauvre femme dans les décombres... qu'est-ce que je sais? des idées noires comme la nuit qui venait. Et sur les sept heures, arrivant à la porte de Nicolas, avant d'entrer, je me penche dans la petite fenêtre, et qu'est-ce que je vois? Catherine, à côté de la lampe, qui pleurait, le tablier sur les yeux, auprès de Houlotte, de sa femme et de leurs deux filles, aussi fort tristes.

Je toque à la vitre; ils regardent tous, la bouche ouverte, et moi, je crie :

« Hé! Houlotte... bonsoir! »

Aussitôt, Catherine se lève; je pousse la porte, et la pauvre vieille tombe dans mes bras en criant :

« Jérôme... Jérôme... ah! Seigneur Dieu, c'est toi! »

Que voulez-vous? Je pleurais aussi de la voir si contente.

Elle s'était sauvée aux premiers obus tombant sur la Bourgonce, et elle avait couru chez mon vieux camarade.

Nous restâmes là-haut huit jours.

Houlotte, chaque matin, allait voir ce qui se passait au village; la baraque, à ce qu'il nous dit, était presque entière, au milieu des autres, brûlées de fond en comble; elle avait bien reçu quelques atouts : le toit pendait à l'intérieur; mais on pouvait tout relever avec un peu de travail : c'est ce que Nicolas nous assura, et, à la fin, il vint tout joyeux nous annoncer que les Allemands étaient partis.

Nous retournâmes donc chez nous remettre les tuiles et les bardeaux qui manquaient.

Alors, tout le 14e corps d'armée allemand avait passé nos montagnes, marchant sur Épinal. Vous connaissez la belle défense de Rambervillers ; mais cela n'entre pas dans mon histoire; j'ai fini tout ce que j'avais à vous dire.

FIN DU RÉCIT DU PÈRE JÉRÔME.

LE
TROMPETTE DES HUSSARDS BLEUS

I

Chacun se souvient du passage des princes et des seigneurs allemands en Alsace, me dit le vieil instituteur Étienne Auburtin, des Trois-Fontaines. Après avoir commis chez nous les plus grands dégâts, ces barbares nous laissèrent des Badois pour nous achever, puis des landwehrs, encore plus voleurs que les autres, si c'est possible, et en dernier lieu des hussards bleu de ciel, qui ne finissaient pas d'observer le pays et de happer tout ce qui leur tombait sous la main.

Ces faits sont connus; j'en parle seulement pour vous dire que le colonel de ces hussards, un Prussien roux, poilu jusqu'aux ongles, les yeux verts et les dents blanches comme un loup, logeait avec ses officiers chez M. le maire Trichot et s'appelait avec orgueil « baron fon Krappenfels ». Il battait la campagne jour et nuit, envoyant ses hommes à droite et à gauche, épier le monde et faire des réquisitions, qu'il expédiait à la suite de leur armée, partie à l'intérieur.

Non content de cela, cette espèce de sauvage voulait encore donner des ordres dans mon école, et ne craignit pas, un soir, de me dire que si je tardais de rouvrir mes classes, si je laissais vaguer les élèves par le village, il me ferait pendre à ma porte.

Moi, naturellement, jugeant bien d'après sa figure qu'il était capable d'exécuter une pareille abomination, je lui répondis que je protestais, mais que je me soumettais, pour lui épargner ce crime.

Alors il me dit :

« Je vous permets de protester, même par écrit, puisque c'est votre habitude de protester en France ; j'y consens, et je n'y vois pas d'inconvénient. Mais d'abord vous allez obéir, et l'on vous payera comme à l'ordinaire, c'est moi-même qui vous ferai payer. Et quand j'aurai du temps de reste en dehors de mon service, j'arriverai pour vous inspecter et voir si vous donnez une bonne instruction à vos élèves. Nous causerons ; si vous savez votre affaire, on vous conservera ; mais si vous ne savez rien, je vous ferai remplacer. »

J'allais lui répondre qu'il n'avait aucun droit dans mon école, que j'étais nommé régulièrement, et que je ne me laisserais pas conduire comme un soldat ; mais au moment où je réfléchissais à ces choses, voilà qu'un trompette se met à sonner leur retraite, car il faisait nuit à cinq heures au mois de décembre, et ce trompette sonnait faux : au lieu de souffler trois fois d'abord haut, ensuite plus bas, et finalement de beugler lentement à la manière de ces Allemands, il poussait des sons tremblotants et comme enroués.

Ce que le colonel entendant, il sortit transporté de colère ; je le suivais dans l'allée, mon chapeau à la main ; et lui, sautant pardessus les tas de neige sur le trompette, lui donna d'abord deux épouvantables soufflets qui lui firent jaillir le sang de la bouche et du nez ; après quoi il se mit à crier aux hommes de garde près de là :

« Venez !... attachez-moi ce porc, il est ivre !... Il a bu comme un porc, qu'il soit traité comme un porc ! »

Les autres accoururent, munis d'une corde

à fourrage, et garottèrent le malheureux. Le colonel regardait, ses yeux étincelaient ; et voyant le trompette à terre étendu et lié, il dit en montrant le bûcher :

« Jetez-le là-dedans.... Qu'il cuve son vin ! »

Ce que les autres firent sans oser murmurer un mot.

Alors, songeant qu'il n'avait jamais fait aussi froid de l'année et que cet être humain risquait de périr, je voulus dire un mot en sa faveur au colonel, qui me cria furieux :

« Taisez-vous ! Mêlez-vous de vos affaires ! et souvenez-vous de mes ordres ! »

Et tout aussitôt il partit, traînant son sabre qui sonnait sur la glace, et entra chez le maire pour se goberger selon sa coutume ; car il ne se refusait rien, non plus que ses officiers, en bons vins, bonnes viandes et autres victuailles.

Je crois bien que le trompette avait un peu trop bu, mais combien de braves gens s'oublient quelquefois à table et n'éprouvent pas un traitement aussi dur !

Enfin, ayant vu cela, je rentrai dans notre petite chambre, où cuisait le maigre pot-au-feu, et je m'écriai tout haut :

« Dieu du ciel ! Dieu du ciel ! à quel état sommes-nous réduits ! Oh ! malheur ! »

Et ma femme qui pleurait me dit :

« Auburtin, il faut obéir.... sans cela.... dans ce terrible hiver où la misère est partout, ce sauvage nous mettrait dehors, et que deviendrions-nous avec nos enfants ? »

Moi je me promenais de long en large sans répondre, l'indignation me possédait, mais qu'est-ce que je pouvais faire ?

Une demi-heure après, la nuit étant déjà profonde, et la lumière du foyer éclairant les fenêtres toutes blanches de givre, je sortis dans l'allée pour voir ce que faisait le malheureux trompette.

Après avoir regardé attentivement dans la rue neigeuse, je m'approchais du bûcher, lorsqu'une sentinelle que je ne voyais pas sous les piliers me cria :

« *Ver da ?* »

Ce qui me fit rentrer bien vite.

Sans la sentinelle, j'aurais délié le pauvre garçon, mais ces gens-là prévoient tout ! Et ce qu'on aura peine à croire, c'est que le malheureux resta là toute cette nuit et le lendemain jusqu'à cinq heures du soir, sans rien recevoir, par ce froid terrible.

Ah ! l'envie de boire et de sonner faux devait lui être passée.

C'est ainsi que ces Allemands ont eu la victoire ; et tout ce qu'ils font, ils le font de même, ne connaissant que l'ordre des supérieurs et l'obéissance.

Toute la nuit, je ne rêvai que de nos misères ; le vent s'était levé, la neige volait en poussière contre nos vitres, les sentinelles criaient, et de temps en temps on entendait une ronde marcher, frappant du talon sur la glace pour se réchauffer les pieds.

Je me disais que le pauvre trompette allait être gelé, ce qui me forçait de le plaindre, tout Allemand qu'il était.

Ensuite l'idée d'obéir au colonel me revenait ; je m'adressais des discours de toute sorte, déclarant que les instituteurs français n'avaient pas d'ordre à recevoir des Prussiens ; mais écoutant ensuite respirer les enfants et songeant que si l'on nous chassait de la maison, nous ne pouvions manquer de périr tous, le lendemain de bonne heure, après avoir fait du feu dans le poêle, j'ouvris tranquillement l'école en pensant :

« Que les élèves viennent ou non.... ce n'est pas moi qui les préviendrai. »

J'espérais que pas un ne se présenterait, mais sur les sept heures, par ordre du colonel, le garde champêtre Poireau publiait déjà que l'école était ouverte, que les études recommençaient et que ceux qui n'enverraient pas leurs enfants en classe payeraient le double de réquisitions en foin, paille, farine et tabac, de sorte qu'une demi-heure après pas un enfant ne manquait.

Je n'eus que le temps de manger ma soupe et de reprendre le cours de mes leçons.

Vers onze heures et demie, comme l'école du matin finissait et que les enfants sortaient en courant, le colonel arrivait au galop de Lorquin ; il s'arrêta devant ma porte et me dit :

« Vous avez obéi, monsieur l'instituteur, et vous avez eu raison, car votre remplaçant était déjà prêt.... à midi sonnant, il serait arrivé son paquet sous le bras, avec quatre hommes pour vous mettre dehors. Il faut que tout marche rondement, militairement, avec moi, vous m'entendez ? Je ne veux pas non plus qu'on raisonne. »

Alors, sentant la colère me venir, je lui tournai le dos et je rentrai brusquement dans la salle.

Je n'ai jamais détesté d'homme comme celui-là ; la méchanceté, l'insolence du commandement, enfin toutes les mauvaises qualités étaient peintes sur sa figure. Rien que de penser à lui, l'indignation me gagne encore, et je lui souhaite toutes les plaies d'Égypte.

Le même jour, après l'école du soir, entendant les gens du village parler dehors, j'allai voir ce qui se passait.

On tirait le trompette du bûcher, il avait les oreilles et le nez bleus; les soldats, lui déliant les cordes et les jambes, finirent par lui crier de se lever, mais il ne donnait pour ainsi dire plus signe de vie.

On avait beau le dresser, le secouer, il retombait toujours de son long.

Un soldat courut chercher leur médecin, qui soupait chez M. le curé Petitjean, et seulement un quart d'heure après il arriva, regardant de loin avec ses lunettes et riant comme un individu qui vient de bien dîner.

C'était un petit homme fleuri, bien rasé, une croix rouge sur le bras.

« Voyons, écartez-vous! » dit-il aux voisins et aux voisines qui formaient le cercle autour du trompette.

Puis il s'écria :

« Tiens! tiens! c'est ce pauvre Franz! il a les oreilles et le nez gelés et sans doute les pieds aussi. Qu'est-ce qui lui est donc arrivé?

— Il a sonné la retraite de travers, dit alors une espèce de maréchal des logis, qui riait en voyant le médecin rire; il avait bu trop de schnaps, et le colonel l'a fait attacher et jeter là depuis hier soir.

— Ah! très-bien, fit le médecin, très-bien. »

Et tout en se baissant, il ajouta :

« Ce sera difficile de le faire remonter à cheval avant deux mois! mais où le mettre dans ce village, provisoirement? les voitures de l'ambulance ne repassent qu'après-demain. »

En rêvant à cela, il vit ma porte ouverte, ce qui lui donna l'idée de s'écrier :

« Allons! qu'on le porte là-dedans; qu'on ouvre une fenêtre pour l'empêcher d'être saisi par la chaleur. »

Les soldats obéirent; moi, je n'avais pas à réclamer, voyant bien que cette sorte de gens se moquait du monde et faisait ce qu'elle voulait.

Ils portèrent donc le trompette dans la salle d'école et l'étendirent sur la grande table en face du tableau; ils ouvrirent un châssis, et, sur l'ordre de leur médecin, ils commencèrent à le déshabiller nu comme un ver.

Je n'eus que le temps de chasser les enfants, qui regardaient, le nez aplati contre les vitres, en leur criant que c'était un spectacle impudique.

Tout le monde se retira; je montai prévenir ma femme et mes enfants de rester dans leur chambre en haut, puis je redescendis pour voir la suite de ces événements extraordinaires.

Au lieu de réchauffer cet homme gelé aux trois quarts, les Allemands avaient apporté de dehors un cuveau de neige avec laquelle ils le frottaient de haut en bas, principalement le nez, les oreilles et les pieds.

Ils avaient éteint le feu, et ces choses m'étonnaient, lorsque tout à coup, dehors, le son de la trompette retentit, et que tous ensemble courant à la rue abandonnèrent leur camarade.

Il paraît qu'une grande nouvelle venait d'arriver, un ordre de départ, car tout aussitôt les hussards tirèrent leurs chevaux des écuries, les bridèrent, les sellèrent et se réunirent sur la place de la mairie, où l'appel se fit à la hâte.

Le colonel, apprenant par le médecin que son trompette était gelé, tempêtait, et m'apercevant de loin sur la porte, il accourut en me criant :

« Vous me répondez de l'homme, de l'uniforme et de tout! »

Je me dis :

« Oui! va-t'en au diable, animal féroce! Je me moque de toi, puisque tu pars! Et Dieu veuille qu'on n'entende plus parler de toi ni de ta bande. »

Ils partirent tous ensemble du côté de Metz, me laissant ce garçon sur les bras, sans honte ni pudeur.

Quoi faire, maintenant? quoi dire?

Le vétérinaire Gueûry, notre voisin, entra par curiosité.

Il regardait cet ivrogne, car c'était un ivrogne! Son ivrognerie était cause de l'ennui qui m'arrivait: s'il ne s'était pas enivré, il n'aurait pas reçu les soufflets du colonel, il n'aurait pas été jeté dans le bûcher, il n'aurait pas été gelé et serait parti comme les autres.

Je me faisais toutes ces réflexions en le regardant.

C'était pourtant un assez bel homme de trente à trente-cinq ans, un peu gros et joufflu; je ne pouvais pas le laisser là dans cette saison froide, et malgré tout j'étais en train de rallumer le feu, lorsque Gueûry me dit :

« Gardez-vous-en bien! Il faut continuer à le frotter avec de la neige, sans cela son nez se pèlera tous les ans comme une pomme de terre cuite en robe de chambre et ses oreilles s'éplucheront comme des légumes. Prenez garde!... Un peu plus tard, quand il se ranimera, vous pourrez augmenter la chaleur, mais il ne faut pas se presser. Et puis est-ce que vous n'avez pas un peu d'eau-de-vie quelque part ? »

J'en avais un peu dans une bouteille, de l'eau-de-vie camphrée pour les blessures et les piqûres d'abeilles. Gueûry me dit que c'était ce qu'il fallait.

J'allai donc la chercher ; puis le vétérinaire et moi, pendant une bonne demi-heure encore, avec un linge, nous fîmes tomber de l'eau de neige sur la figure, les mains et les pieds de cet homme ; finalement, nous lui donnâmes un petit verre d'eau-de-vie camphrée, seule chose qui le réveilla et lui fit ouvrir les yeux, bien étonné, comme on pense, de se trouver là tout nu sur une table, avec des étrangers.

Il se mit à frissonner, à claquer des dents ; Gueûry me dit que c'était bon signe, qu'il en reviendrait.

Nous cessâmes alors de le baigner d'eau de neige, nous lui remîmes sa chemise et ses habits comme nous pouvions ; Gueûry referma la fenêtre encore ouverte ; nous montâmes chercher une paillasse et une couverture de laine, dont nous l'enveloppâmes ; et seulement alors, vers les sept heures, chacun alla manger sa soupe aux pommes de terre et prendre un peu de repos.

Je maudissais ces Allemands de m'obliger à sauver un gueux pareil, quand son propre colonel l'avait presque assommé par amour de la discipline. Oui ! je m'indignais d'être forcé d'agir en chrétien, pendant que des milliers d'entre les nôtres n'avaient pas la chance de rencontrer d'honnêtes gens et périssaient de misère.

Enfin on n'est pas maître des choses ; les accidents vous tombent sur la tête comme des cheminées ; il faut bien les supporter, et si l'on ne remplissait pas ses devoirs d'humanité, on serait encore capable d'en éprouver des remords dans ses vieux jours.

C'est ce qui me fit garder cet Allemand ; si j'avais dit comme eux que la force prime le droit, j'aurais fort bien pu le coucher dans la rue et le laisser mourir de sa belle mort ; personne ne m'en aurait fait des reproches, au contraire.

Ces hussards bleu de ciel et leur colonel n'ont jamais reparu dans le pays, et, que Dieu me le pardonne ! j'ai souhaité cent fois d'apprendre qu'ils avaient été massacrés avec leur chef, le noble baron de Krappenfels.

Notre trompette ne désirait pas non plus les revoir ; il tremblait chaque fois dans son lit en haut, où nous l'avions transporté, lorsqu'on ouvrait la porte de l'allée, croyant que c'était quelqu'un du régiment qui venait le réclamer ou demander de ses nouvelles.

Du reste, il s'était remis assez vite et mangeait de notre soupe avec un grand appétit ; son nez avait repris une couleur naturelle, mais son oreille gauche restait toujours bleu-gris et commençait à se peler, comme l'avait annoncé Gueûry.

Ma femme lui portait chaque matin sa pitance ; il n'aurait pas mieux demandé que de rester au lit et de vivre ainsi comme un prince.

De temps en temps j'allais aussi lui jeter un coup d'œil ; il s'engraissait, ses joues se mettaient à reluire, mais toujours il disait :

« J'ai mal dans les pieds... j'ai ci... j'ai ça... » car il parlait bien le français et même l'anglais, à ce qu'il assurait.

C'était fort bien, mais tout cela ne me servait à rien, je ne pouvais pas garder ce fardeau sur mes épaules en l'honneur du roi de Prusse, et vers la fin du mois, voyant que les hussards ne revenaient pas, je résolus d'avoir une explication avec mon trompette et de lui donner congé le plus tôt possible.

Un matin donc qu'il ne s'attendait à rien, j'entrai brusquement dans sa chambre, et comme il commençait à faire sa grimace, je lui dis :

« J'ai aussi mal dans les orteils, mais ça ne m'empêche pas de me lever chaque matin, parce qu'on ne vit pas de l'air du temps. Vous avez été malade, mais à cette heure vous êtes gros et gras, vous avez bonne figure, et je crois que vous ne feriez pas mal de retourner à votre régiment ; si vous voulez que j'écrive?... »

Il ne me laissa pas finir, et s'écria comme attendri :

« Monsieur Auburtin, je suis heureux de vous voir. Votre excellente femme m'a dit tant de bien de vous !... Prenez place, monsieur Auburtin.

— Merci, monsieur, lui répondis-je... je suis venu...

— Oui, fit-il, vous êtes un brave homme... un honnête homme et qui n'est pas récompensé selon ses mérites. D'après tous les livres que je vois là... (il me montrait une petite bibliothèque au pied du lit) et ces cartes... vous êtes aussi un homme savant, un érudit. C'est indigne d'exiler un homme tel que vous, de le laisser languir dans ce misérable village, c'est abominable ! »

Il paraissait indigné.

« Vous êtes bien bon, lui dis-je, mais je suis venu...

— Voilà ce que je ne peux pas comprendre, s'écria-t-il. En France, le mérite n'est pas récompensé; en Allemagne, vous seriez honoré, considéré, vous auriez une chaire; le moindre instituteur a ses mille thalers... au lieu que vous végétez. Ah! quelle abomination!

— Sans doute, vous n'avez pas tort, lui répondis-je, on néglige l'instruction... on ne paye pas assez les instituteurs... Cela fait le plus grand tort au pays.

— Ah! je crois bien, dit-il, chez nous l'instruction est libre, nous avons des associations en masse pour l'instruction; nous avons des bibliothèques, nous avons de tout, et principalement des hommes instruits, tels que vous, et qu'on entoure de respect. »

Tout ce qu'il me disait sur ce chapitre était juste, mais cela ne faisait pas mon compte; et comme je ruminais en moi-même au moyen de revenir à la question, il me répéta, en me montrant une chaise :

« Mais asseyez-vous donc, mon cher monsieur Auburtin; asseyez-vous près de la cheminée, il fait froid aujourd'hui.

— Oui, monsieur, lui dis-je en m'asseyant, il fait très-froid... J'étais venu...

— Écoutez, fit-il en m'interrompant encore, puisque nous sommes là comme de vieux amis, il faut que je vous demande quelque chose. »

Alors l'impatience me prit, et je dis :

« Moi je veux aussi vous demander quelque chose; je voudrais savoir quand vous partirez, car vous avez raison : je suis un pauvre homme chargé de famille, et vous pensez bien que je ne peux pas vous avoir toujours sur mon dos, vous entretenir, vous nourrir, etc.

— Justement, fit-il, j'ai déjà eu la même idée, nous sommes d'accord. »

Sur cette assurance, je m'apaisai; et je lui demandai :

« Quand partez-vous? Est-ce que vous voulez aller à l'ambulance de Saarbrück? Les deux voitures passent demain soir, et...

— Non! si je vais à l'ambulance, dit-il en allongeant la lèvre, on me renverra bientôt au régiment; et si je pars d'ici pour me retirer, soit en France, soit en Allemagne, je serai considéré comme déserteur, de sorte que j'aime mieux finir tranquillement la campagne dans ce village. »

Pour cette fois, la colère m'étouffait; je sentais comme une pâleur d'indignation se répandre sur mes joues. Il le vit sans doute, car aussitôt il me dit :

« Mais je vous payerai... je veux vous payer convenablement; je vous donnerai deux cents francs par mois pour mon logement et ma pension.

— Où sont-ils, les deux cents francs?

— Je ne les ai pas sur moi, mais je vais les demander tout de suite...

— Où? à qui?

— A mon banquier. Donnez-moi seulement une plume, de l'encre, du papier, et j'écris à l'instant.

— Allons donc, m'écriai-je en levant les épaules, me prenez-vous pour une bête? Est-ce que les trompettes ont des banquiers?

— Et vous, dit-il d'un ton désolé, si vous me prenez pour un trompette ordinaire, vous avez tort; je suis trompette, c'est vrai... mais trompette dans la landwehr; je suis un bon bourgeois de Saarbrück. J'ai eu le plaisir de vous voir il y a deux ans aux eaux de Risslingen. Nous avons dîné plus d'une fois ensemble à table d'hôte, à l'hôtel du *Grand Cerf*. Regardez-moi donc, vous ne me reconnaissez pas? »

Ce qu'il disait était vrai : j'avais été deux ans avant passer une saison aux eaux de Risslingen, pour me guérir d'une gastrite; et pourtant sa figure ne me revenait pas tout à fait, j'hésitais à le reconnaître.

« Eh! dit-il, avec ma barbe et mes moustaches, je ne suis plus le même homme qu'en habit noir et cravate blanche. Ah! les temps sont bien changés!... »

Pendant qu'il parlait ainsi, les larmes aux yeux, il me sembla le reconnaître, et je lui dis avec commisération :

« Comment, comment! Est-ce donc ainsi qu'on traite les bons bourgeois d'Allemagne?

— Mon Dieu, fit-il, c'est qu'on nous a envoyé des officiers prussiens du Brandebourg et de la Poméranie pour commander notre landwehr, et ces officiers, ne nous connaissant pas, nous traitent comme les premiers venus.

— Mais, lui dis-je, au lieu de me laisser faire trompette, j'aurais mieux aimé être caporal, sergent ou brigadier.

— Sans doute, mon cher monsieur Auburtin; mais il aurait fallu passer un examen, et malheureusement je n'ai jamais eu de goût pour l'état militaire. C'est la seconde fois que pareille chose m'arrive; la première fois, en 1866, quand je venais de me marier, il fallut monter à cheval et tout abandonner pour se rendre en Bohême. Alors, j'étais trompette comme maintenant, et je m'en suis assez bien tiré, parce que nous apprîmes à moitié chemin que tout venait de se terminer

« Jetez-le là-dedans... Qu'il cuve son vin ! » (Page 52.)

sans nous, fort heureusement. Nous rentrâmes en triomphe, renvoyés dans nos foyers, et je pus reprendre tranquillement la direction de mes affaires. Mais cette fois, lorsque la nouvelle arriva qu'il fallait recommencer, ayant déjà mon gros ventre, vous pensez bien, monsieur Auburtin, que cela ne me fit pas grand plaisir. J'avais trente et un ans et cinq mois, il me restait encore quelques mois à faire, et j'espérais finir mon temps honnêtement à la maison, lorsque l'ordre arriva de partir pour Rastadt. Ma trompette était sur le bureau, comme un simple trophée. Le colonel et le capitaine arrivèrent prendre le commandement. Il fallut maigrir et puis passer à travers feu et flammes, et voilà maintenant comment la chose se finit ! »

Il parlait d'un air si triste, qu'en songeant à la position d'un homme pareil, loin de sa maison, de la considération de ses concitoyens, de l'amour de sa femme, réduit à se voir souffleter pour avoir manqué d'haleine, ce qui peut arriver à tout le monde, et puis à passer la nuit au fond d'un bûcher, au milieu des courants d'air, en plein mois de décembre, songeant à cela, j'en conçus une pitié véritable pour ce malheureux.

« Vous auriez dû vous faire remplacer, lui dis-je encore.

— Vous savez bien qu'on ne remplace pas chez nous, fit-il, tout le monde marche dans la ligne ou dans la landwehr. Peut-être, ajouta-t-il en remuant le pouce, au moyen de ça, le chirurgien du régiment m'aurait-il dé-

« Empoignez-moi ce misérable Français. . » (Page 59.)

livré un certificat pour faiblesse de constitution; mais c'était assez difficile à cause de ma corpulence, et puis je pensais que tout s'arrangerait après une bataille, comme la première fois; c'était toujours deux ou trois mille thalers d'épargnés. J'ai eu tort! Oui!... si c'était à recommencer, j'aimerais mieux faire ce sacrifice que de recevoir les soufflets du baron de Krappenfels. »

Ce disant, il referma les yeux et s'étendit sur le dos, la figure si mélancolique que je lui dis tout ému :

« Tenez, monsieur Hirthès... dans ce petit secrétaire, vous trouverez des plumes, de l'encre et du papier. Ecrivez votre lettre, et demandez de l'argent à madame votre épouse quand il vous plaira, pourvu que ce soit bientôt, car nos provisions touchent à leur fin.

— Oui, mon cher monsieur Auburtin, fit-il, et il faut aussi que je vous demande un petit service.

— Quoi donc?

— C'est d'écrire une attestation comme quoi je suis très-malade, ayant les mains et les pieds gelés, ce qui me met dans l'impossibilité de quitter votre maison. Vous la ferez légaliser par le maire de la commune, et nous l'enverrons à Mgr Bismarck-Bohlen, gouverneur d'Alsace; par ce moyen, on ne me rechercherа plus, je resterai tranquillement ici jusqu'à la fin de la guerre. J'ai toujours eu l'amour de la paix!

— C'est bon, lui répondis-je, je vais écrire ce certificat de ma plus belle écriture, ne craignez rien... vous ne serez plus recherché. »

Et descendant aussitôt, je prévins ma femme d'avoir à monter du bois tous les jours dans la chambre de M. Hirthès, d'allumer son feu chaque matin et de le soigner du mieux que nous pourrions, ne doutant pas qu'un homme aussi riche ne finirait par nous récompenser généreusement de nos sacrifices et de nos peines.

Or la lettre de cet honnête bourgeois et mon attestation partirent, l'une pour demander de l'argent à Saarbrück et l'autre pour assurer M. le gouverneur général d'Alsace, à Haguenau, que le trompette des hussards commandés par M. le baron de Krappenfels était incapable de continuer la campagne.

Lui-même écrivit encore quelques lignes en allemand au bas de mon attestation, afin de mieux expliquer la chose, et les gendarmes qui passaient tous les jours aux Trois-Fontaines, faisant le service de la poste, emportèrent les deux missives, que j'allai jeter moi-même à la boîte de la mairie.

A partir de ce moment, nous attendions de semaine en semaine une réponse qui n'arrivait pas.

Mon trompette se promenait en haut revêtu de ma vieille camisole et les pieds dans mes savates, fumant des pipes, car il avait retrouvé quelques *kreutzers* au fond de ses poches pour avoir du tabac, et lisant tantôt un volume de ma bibliothèque, tantôt un autre, pour se désennuyer au coin du feu.

Rien ne l'inquiétait plus, il se trouvait à son aise; mais, quant à moi, la mauvaise humeur et les soupçons commençaient à me revenir.

Je me disais que cet intrigant avait sans doute appris mon voyage à Bisslingen par ma femme; car toutes les femmes aiment à causer, et la mienne, parmi ses bonnes qualités, a le défaut de bavarder comme une véritable pie borgne et de raconter nos histoires de ménage à tous ceux qui veulent les entendre.

Ce gueux d'Allemand pouvait fort bien avoir profité de cela pour se renseigner, d'autant plus qu'il ne manquait pas de ruse, et que toute cette espèce de gens possède un talent d'espionnage extraordinaire.

Voyant les gendarmes de la poste passer régulièrement devant chez nous sans remettre le moindre petit paquet de florins ou de *thalers*, cela m'ennuyait plus qu'il n'est possible de se le figurer, et chaque fois je montais chez mon homme pour le regarder dans le blanc des yeux et lui dire :

« Eh bien, monsieur le trompette, les jours se passent et les thalers ne viennent pas.

— Non, faisait-il, cela m'étonne! j'en conçois même de grandes inquiétudes pour la santé de mon épouse.

— Sans doute, je suis comme vous, lui disais-je, ça ne me rassure pas du tout pour la santé de votre épouse, ni pour les *thalers* qui restent en route... On voit tant de filous dans le monde!

— Ah! faisait-il, vous avez bien raison; l'argent est sans doute resté dans quelque bureau de poste; s'il tarde encore longtemps à venir, il faudra que j'écrive de nouveau. »

Le gueux n'avait jamais l'air de comprendre que je le soupçonnais; sa figure calme m'embarrassait; je me disais qu'un homme ne pouvait montrer un pareil aplomb s'il n'avait pas la conscience tranquille.

Je me reprochais même mon extrême méfiance, me rappelant que nos saintes Écritures nous recommandent de croire plutôt le bien que le mal, et je me donnais d'autres raisons charitables et chrétiennes, qui malheureusement profitent plus aux filous qu'aux honnêtes gens.

Depuis, j'ai pensé bien souvent que le premier précepte du catéchisme devrait être : *Ne vous laissez pas tromper par les hypocrites!*

Enfin, je m'en allais, espérant toujours que les *thalers* viendraient et que nous pourrions acheter de nouvelles provisions, dont le besoin se faisait de plus en plus sentir.

Les choses en étaient là, quand un beau matin les gendarmes de la poste s'arrêtèrent à notre porte.

« Ah! ah! me dis-je tout joyeux, voici ce que nous attendions avec tant d'impatience. »

En effet, un de ces militaires, le casque en tête, agitait une grande lettre carrée couverte de cachets rouges et criait :

« N'est-ce pas ici que demeure Frantz Hirthès? »

Il paraît que notre homme avait aussi vu les gendarmes de sa fenêtre en haut, car nous l'entendîmes descendre l'escalier quatre à quatre, traverser l'allée en courant et répondre :

« Frantz Hirthès, c'est moi! »

Le gendarme lui remit la lettre; mais il fallut entrer dans la salle pour signer un petit cahier que le brigadier portait dans sa gibecière.

A peine celui-ci venait-il de sortir, que, voyant M. Hirthès ouvrir la lettre, y jeter les yeux et pousser un cri de joie, je lui dis :

« Ah! l'argent est donc enfin arrivé!

— L'argent! fit-il en me regardant de travers par-dessus l'épaule; vous ne me parlez jamais que d'argent! Vous êtes d'une avarice honteuse..... Tout cela m'ennuie à la fin; je ne veux plus supporter de pareilles avanies, m'entendez-vous? »

Et moi, stupéfait de son insolence, je lui dis:

« Comment, misérable, c'est ainsi que vous parlez à votre bienfaiteur.... à l'homme qui vous a nourri de son pain, qui vous a sauvé la vie!

— La vie! fit-il en éclatant de rire d'un air de pitié; c'est pour m'exploiter, pour me rançonner que vous avez fait cela. »

L'indignation m'emporta, je ne pus m'empêcher de l'insulter; il me prit au collet.

La femme, les enfants se mirent à crier, et les gendarmes dehors, sur le point de partir, remirent pied à terre.

Le brigadier rentra dans la salle, en demandant d'un ton rude:

« Qu'est-ce qui se passe donc ici?

— Empoignez-moi ce misérable Français, qui se permet d'insulter un fonctionnaire de Sa Majesté l'empereur Guillaume, s'écria le bandit en me secouant. Je suis fonctionnaire... Voici ma commission d'instituteur dans ce village.... Je suis ici chez moi! »

Il montrait sa lettre, signée « Bismarck-Bohlen ». Cette lettre renfermait sa nomination d'instituteur aux Trois-Fontaines, et c'est moi, par ma bonté, en attestant qu'il était impotent, c'est moi qui l'avais aidé à se glisser dans ma place.

Le brigadier allait me saisir, quand, indigné de voir une trahison pareille, je m'écriai:

« Brigadier, moi je vous requiers d'arrêter cet homme, trompette aux hussards bleus de Krappenfels, ce lâche qui fait le malade depuis deux mois....

— C'est faux! cria le bandit d'un air furieux, c'est un mensonge abominable; ce maître d'école m'en veut, parce que je suis nommé à sa place. J'ai été laissé ici par le brave colonel baron fon Krappenfels; j'avais les pieds, les oreilles et le nez gelés. Cet homme, ce Français, a lui-même certifié il n'y a pas quinze jours que j'étais incapable de remonter à cheval.

— Est-ce vrai? demanda le brigadier en me regardant de travers.

— Oui, c'est vrai; mais...

— Taisez-vous! fit-il en me donnant une bourrade qui me coupa la respiration. Si je n'étais pas chargé d'un service de dépêches, je vous arrêterais tout de suite, pour insulte grave envers un fonctionnaire de Sa Majesté impériale, dans son propre domicile; mais vous ne perdrez rien pour attendre. »

Il sortit là-dessus, criant à son camarade:

« En route! Nous nous arrêterons ici en revenant. »

Ils partirent au galop; et dans le même instant, le cafard qui s'était mis à ma place grimpait l'escalier quatre à quatre et s'enfermait à double tour dans sa chambre.

Alors, revenant à moi, je voulus monter, lui livrer bataille et l'exterminer, mais ma femme, plus raisonnable, m'en empêcha.

Elle s'était mise devant moi.

« Sauve-toi, Auburtin, me disait-elle, laisse le gueux tranquille; il serait encore capable de te donner un mauvais coup; et puis les gendarmes vont revenir; s'ils te trouvent à la maison, ils t'arrêteront; tous ces gens tiennent ensemble, on ne t'écoutera pas, on t'emmènera en Prusse.... Qu'est-ce que je deviendrai avec les enfants? »

L'indignation me possédait, je tremblais de colère; mais l'idée des enfants, de ces pauvres petits êtres, tout seuls avec leur mère, sans ressource, peut-être sans pain, me cassa les bras.

Je compris que ma femme avait raison, qu'il valait mieux partir. Je la prévins que j'allais chez notre cousin Claude Briot, à Badonviller, lui disant de venir me rejoindre le plus tôt possible, et je partis, après avoir embrassé les enfants, n'emportant qu'un morceau de pain et quelques sous.

Je gagnai la forêt derrière le village, puis les collines du Blanc-Ru, et le soir j'étais au coin du feu de notre cousin, lui racontant cette histoire, qui ne l'étonna pas, car il connaissait la franchise et l'honnêteté prussiennes.

Trois mois après, je fus replacé en France, et ma femme, ayant vendu le peu de bien que nous possédions aux Trois-Fontaines, vint me rejoindre avec les enfants.

Quel malheur d'être forcé de quitter son foyer, son village, son pays, et de se sauver à travers les bois comme un malfaiteur! Ah! ceux qui commettent de telles iniquités sont bien à plaindre: ils se préparent un avenir terrible.

FIN DU TROMPETTE DES HUSSARDS BLEUS.

LE
VIEUX TAILLEUR

I

J'ai connu dans ma jeunesse, à Sainte-Suzanne, un vieux tailleur appelé Mauduy.

Cet homme demeurait dans la ruelle des Glaneurs, près du rempart, et nous autres, jeunes garçons, en allant à l'école chez le père Berthomé, nous faisions halte à sa fenêtre, le petit sac au dos, pour le voir travailler de son état.

C'était un vieux bonhomme aux tempes chauves, les yeux gris clair, le teint légèrement vineux, et qui, les jambes croisées sur son établi, tirant le fil, ressemblait à une grenouille, tant il avait la bouche largement fendue et l'air rêveur.

De temps en temps, il s'interrompait de coudre et nous regardait, le nez et le menton en carnaval ; et comme l'établi touchait à la petite fenêtre basse, étendant la main, il nous la passait dans les cheveux en souriant.

C'est moi surtout qu'il aimait à caresser, sans doute à cause de mes cheveux blonds, longs et bouclés. Alors il me disait :

« Toi, tu es bon comme un bon mouton. Travaille bien, Antoine, écoute ce que dit M. Berthomé. Tes parents sont de braves gens. »

Il semblait attendri en disant ces choses, puis il se remettait à travailler en silence.

La petite chambre où le bonhomme croupissait ainsi depuis des années était fort sombre ; quelques vieux habits râpés, des pantalons rapiécés, des vestes graisseuses pendaient autour à leurs chevilles, et au fond, dans l'ombre, montait un petit escalier.

Il me semble encore voir ce recoin du monde, avec la traînée de lumière qui tombait de la croisée sur l'établi, toute fourmillante d'atomes et de poussière d'or.

Quelquefois, dans l'obscur réduit, apparaissait une vieille, mais si vieille, qu'on aurait dit une de ces chouettes déplumées que les paysans clouent sur leurs portes de grange pour écarter, par la crainte du même sort, les oiseaux de proie rôdant autour des poulaillers.

C'était la vieille Jacqueline, la mère de Mauduy, qu'il entretenait de son travail.

Elle n'avait qu'un bavolet et une vieille robe à grands ramages, qui datait pour le moins de la République ou de Louis XVI. Elle s'asseyait sur la dernière marche de l'escalier, la tête branlante et parlant toute seule. Sa figure blanche brillait au fond de l'alcôve, et ses cheveux retombaient sur ses épaules comme du lin.

Mauduy, lorsqu'elle venait ainsi, la regardait d'un œil presque tendre et lui disait :

« Mère, approchez-vous de ce côté, près du soleil, vous aurez plus chaud ; tenez, là, devant moi. »

Et, descendant de la table, il poussait un antique fauteuil à crémaillère au pied de l'établi, aidait la pauvre vieille à se lever et l'installait gravement dans son coin, disant tout bas :

« Êtes-vous bien comme ça ? Faut-il que je mette un coussin, quelque chose derrière, pour vous soutenir ?

— Non, Baptiste, je suis bien, » faisait-elle.

Alors, tout joyeux, il remontait sur la table

croisait ses jambes et poursuivait son ouvrage, bien heureux de sentir là sa vieille mère qui se réchauffait.

Il lui arrivait aussi quelquefois de siffler de vieux airs, mais si bas qu'on l'entendait à peine; et, dès que la vieille se mettait à prier, il se taisait pour ne pas l'interrompre, devenant plus sérieux encore.

Nous autres écoliers, au premier son de cloche, nous courions à l'école, criant :

« Bonjour, père Mauduy, bonjour! »

Il levait alors ses yeux gris et nous regardait jusqu'à ce que nous eussions disparu dans la petite allée de M. Berthomé; puis il se remettait à coudre.

L'après-midi s'écoulait lentement, tantôt chaude, tantôt pluvieuse; à cinq heures, nous repassions, voyant toujours le vieux tailleur à la même place, qui tirait son aiguille et rêvait à je ne sais quoi.

Je me rappelle aussi qu'on appelait le père Mauduy, *le Vendéen*, et que des personnes soi-disant pieuses l'accusaient d'avoir commis des horreurs en Vendée, d'avoir tué des femmes, des enfants, etc.

Mais je n'ai jamais pu le croire, car les personnes qui répandaient ces mauvais bruits étaient de vieilles pécheresses, « des malheureuses », comme le répétait souvent mon père, Jean Flamel, quincaillier dans la rue des Minimes; il se rappelait les avoir vues, au temps de la République, sur le char de la Liberté, représentant la déesse Raison, et disait que ces honnêtes personnes, revenues à notre sainte religion et pleines de repentance de leurs anciens égarements, croyaient se relever en reprochant à d'autres plus de fautes et d'abominations qu'elles n'en avaient commises elles-mêmes. La seule chose vraie de tout cela, c'est que Mauduy était parti comme volontaire en 92, qu'il avait fait les campagnes de Mayence, de Vendée, d'Italie et d'Égypte, et qu'après le coup de Brumaire, pouvant entrer dans la garde consulaire, il avait mieux aimé reprendre son état de tailleur que de servir Bonaparte.

Voilà ce que disait mon père, auquel j'accorde pour la vérité, le bon sens et la justice, plus de confiance qu'à toute cette race ensemble.

Ainsi se passèrent les années 1816 à 1820, époque où mes parents, voyant que je savais tout ce que M. Berthomé pouvait m'apprendre : un peu d'orthographe, un peu d'arithmétique et le catéchisme, pensèrent qu'il était temps de me faire voir le monde.

Mon père, se rappelant qu'il avait un vieux camarade, Joseph Lebigre, établi comme quincaillier depuis vingt-cinq ans, rue Saint-Martin, à Paris, m'envoya chez lui compléter mon instruction.

M. Lebigre me reçut très-bien et m'employa d'abord dans son magasin; puis il me chargea du placement de ses marchandises; et en 1824, l'année même du couronnement de Charles X, mon père, déjà vieux, me céda son commerce. J'épousai Mlle Joséphine, la fille cadette de M. Lebigre, et je vins m'établir pour mon propre compte à Sainte-Suzanne.

C'est en ce temps que mourut Jacqueline Mauduy, la mère du vieux tailleur de la ruelle des Glaneurs. Alors, me rappelant combien de fois dans mon enfance je m'étais accoudé sur la fenêtre de sa baraque, je crus devoir assister à son enterrement.

Il pleuvait ce jour-là, il tombait de la neige fondante; la ruelle était déserte, pleine de boue; et, m'étant habillé, je me trouvai dans la petite allée de la masure avec cinq ou six voisins : Thomas Odry, le couvreur et sa femme, Jean Recco, le ferblantier, le père Martin, enfin de pauvres gens qui furent tout étonnés de me voir aussi venir.

M. le vicaire Suzard, le chantre et les deux enfants de chœur, en robes blanches assez crottées, arrivèrent en courant, et l'on se rendit d'abord à l'église, puis au cimetière.

Mauduy marchait près de moi, son mouchoir sur ses yeux rouges et sa moustache pleine de larmes; il se balançait sur les hanches, comme un vieux tailleur qu'il était, et ne disait rien.

Et quand nous arrivâmes au cimetière, en face de la fosse jaune, les bords couverts de neige fondante, après la récitation rapide du *De profundis*, il se baissa, prit la pelle et jeta un peu de glèbe sur le cercueil; puis il me passa la pelle, en disant :

« Tenez, monsieur Antoine, vous la connaissiez depuis longtemps, et vous êtes venu; merci! »

Ce fut tout; nous revînmes en silence.

Depuis ce jour, le vieux tailleur, n'ayant plus personne à la maison pour lui tenir compagnie, allait tous les dimanches au cabaret de Nicolas Bibi, dans la rue des Minimes, prendre sa chopine de vin, et quelquefois, voyant ma porte ouverte, il entrait au magasin et me serrait la main.

J'étais le seul bourgeois de Sainte-Suzanne auquel il donnât cette marque d'affection.

« Vos affaires vont bien? me demandait-il.

— Oui, père Mauduy.

— Tant mieux... cela me fait plaisir. »

Puis il jetait un coup d'œil autour des rayons, examinant les paquets de ciseaux, de couteaux, de serpes et autres articles de coutellerie.

« Tout est luisant et bien entretenu, » faisait-il.

Et un jour, apercevant des fleurets, il voulut les voir. Ses yeux brillaient, il en prit un, deux, trois, les faisant ployer sur le bout de son soulier avec une satisfaction singulière.

« Celui-ci, fit-il, est bon, il est souple; la poignée est un peu trop courbée, mais on la redresserait facilement; la garde est aussi un peu trop petite; c'est égal, il m'irait, oui, il m'irait bien ! »

Je voyais à l'expression de ses yeux, de ses traits ridés, qu'il était content.

« Si vous voulez une paire de fleurets, monsieur Mauduy?... lui dis-je.

— Non. Je ne m'occupe plus de ces choses-là, il y a bel âge... Qu'est-ce que ferait d'une paire de fleurets un pauvre vieux tailleur? Parlez-moi de l'aiguille, à la bonne heure! Eh ! eh ! eh ! je n'ai plus de jarrets ! »

En même temps, il se mettait en garde, pliait les jarrets, se fendait.

Il venait de prendre sa chopine chez Bibi et se sentait de bonne humeur.

Ces détails m'ont frappé plus tard; alors c'est à peine si j'y fis attention.

Enfin, pour revenir à la suite de mon histoire, depuis quatre mois la mère du vieux tailleur dormait sous terre, et les haies se couvraient de verdure, lorsque parut à Sainte-Suzanne un régiment de ligne, dont la musique avait reçu l'autorisation de porter l'épée, pour s'être distinguée au sacre du roi. Ce régiment, ultra-royaliste, vint donc prendre garnison chez nous; il s'y trouvait un grand nombre de jeunes gens distingués, sortant de la garde royale et qui devaient y rentrer, après avoir reçu de l'avancement.

C'étaient en majeure partie des Bretons, des Vendéens, presque tous maîtres d'armes, et dont les parents avaient fait la guerre en Vendée, contre la République.

Et je ne sais comment on apprit tout à coup que le vieux tailleur Mauduy s'était appelé dans le temps du nom de Lapointe, et que ce Lapointe était une des premières lames de l'armée républicaine, enfin un être dangereux, chose dont personne ne s'était douté jusqu'alors à Sainte-Suzanne, puisque Mauduy ne sortait pour ainsi dire pas de sa rue, travaillant de son état et ne demandant que la paix.

La seule chose qu'on pût lui reprocher, c'était de ne célébrer ni les fêtes ni les dimanches en allant à l'église, et de manger de la viande les vendredis et les samedis, quand il en avait.

Quelques-uns pensèrent que les antécédents du vieux tailleur avaient été divulgués par le nouveau commandant de place, Clovis de Beaujaret, car ils étaient consignés depuis vingt ans sur le registre de la place, où Mauduy, dit Lapointe, de l'ex-32e demi-brigade, se trouvait porté d'une façon toute spéciale, comme républicain et redoutable sous tous les rapports.

Les anciens commandants avaient tenu ces notes secrètes, tout en prévenant Mauduy que, s'il touchait encore un fleuret, on l'enlèverait tout de suite.

Mauduy avait répondu qu'il était revenu pour soutenir sa vieille mère, qu'il ne parlerait à personne de son ancienne réputation, dans la crainte d'exciter la jalousie des nouveaux maîtres d'armes et de s'attirer d'injustes provocations, et qu'il ne demandait qu'à rester en paix avec tout le monde, pour gagner sa vie.

Il avait tenu parole.

Il était vieux, décrépit; sa mère Jacqueline était morte l'hiver précédent, comme je vous l'ai dit, et lui-même sans doute n'attachait plus un grand prix à sa triste existence.

Tous les jours, le nouveau régiment allait à l'exercice, musique en tête, et le soir les cabarets se remplissaient de militaires fredonnant : « Vive Henri IV ! » ou le Troubadour partant pour la Terre-Sainte.

Aucun soldat pourtant ne fréquentait le cabaret de Nicolas Bibi, car là se trouvait le rendez-vous des gens de métier : cordonniers, tailleurs, tisserands, etc.; et c'est aussi là que se rendait Mauduy le dimanche, revêtu de sa grande capote à longues basques, soigneusement brossée, la taille entre les épaules, et l'antique chapeau à claque sur l'oreille.

La porte et les fenêtres de l'établissement restaient habituellement ouvertes, et du seuil de mon magasin j'entendais tinter les verres et rire les bonnes gens, lorsqu'une farce égayait la société.

Or, un de ces dimanches, vers deux heures de l'après-midi, allant et venant sur mon trottoir pour tuer le temps, je vis s'approcher, suivant la rue des Minimes, cinq ou six grenadiers, des maîtres d'armes et des prévôts, en grande tenue, épaulettes rouges et pantalons blancs, la taille serrée dans l'uniforme et les moustaches retroussées, causant entre eux avec animation.

Ils firent halte au coin de la maison, et j'entendis le chef de cette troupe, un grand brun, solide, large des épaules et l'air décidé, dire aux autres :

« Allons, c'est entendu !... Le vieux bandit est là... Vous l'avez tous vu entrer... Il n'emportera pas ses bottes en paradis, ce terrible jacobin... Je veux les avoir !... »

Il riait en se dandinant, montrant ses dents blanches ; les camarades riaient aussi.

« Eh ! fit l'un des autres, sans tant parler, allons voir ! »

Et ils partirent ensemble vers le cabaret ; ils montèrent les trois marches, en rejetant d'un mouvement d'épaules le baudrier de l'épée sur les reins, comme des gens qui prennent un parti.

Je ne savais à qui ces braves en voulaient, mais je me doutais qu'il s'agissait d'un duel, chose commune en ce temps. Ma femme étant au magasin, l'idée me prit d'aller voir ce qui se passait là-bas ; et sans entrer, me tenant au pied du mur, je vis la petite salle encombrée de monde ; on fumait, on buvait, on jouait aux cartes.

Bibi servait ; sa femme, assise au comptoir, marquait les consommations sur l'ardoise.

L'arrivée des grenadiers fit sensation, quelques buveurs regardèrent.

Le père Mauduy, assis au bout de la table, près de la fenêtre, me tournait le dos, son chapeau à claque au bâton de sa chaise ; il portait encore la queue, mais la sienne, ficelée d'un cordon noir, ressemblait à une queue de rat, tant elle était mince.

Le brave homme, assis en face de sa chopine, causait avec M. Poirier, ancien portier-consigne, en retraite depuis des années. Ils parlaient sans doute de leurs campagnes, car tous ces vieux soldats ne sortaient pas de là.

« Voyons, faites place ! criaient les grenadiers. Qu'est-ce que tout ce tas de savetiers ? Qu'est-ce que toute cette racaille ?... Allons... dépêchons-nous ! »

Plusieurs se serraient sur leur banc, mais les grenadiers n'entendaient pas la chose de cette oreille.

« Il nous faut cette table à nous seuls, s'écria le grand brun, en frappant sur la table où se trouvaient le père Mauduy et son camarade Poirier, avec d'autres. Nous aurons juste de la place pour six... et qu'on se dépêche ! »

J'étais indigné.

« Messieurs, dit Bibi, les premiers arrivés conservent leurs places. Allez au *Cheval brun*, allez où vous voudrez !... Vous ne venez jamais ici.

— Quoi ? quoi ? crièrent les maîtres d'armes, qu'est-ce que raconte le pékin ? »

Bibi, à ce ton goguenard, allait s'emporter, mais le père Mauduy, prenant sa chopine et son verre, lui dit :

« Bibi, voyons... ce sont des jeunes gens... Arrivez, Poirier... et vous autres... faisons place à ces messieurs. »

Et il alla s'asseoir tranquillement à l'autre bout de la salle, dans un coin.

« Eh ! s'écria l'un des prévôts, riant aux éclats, il est prudent le maître de danse : il cède sa place de bonne grâce..... Suivez les conseils de la sagesse, et vous deviendrez vieux. »

Mauduy comprit alors que c'était à lui que les grenadiers en voulaient.

En ce moment, assis contre le mur du fond, je le voyais de face ; son ami Poirier lui tournait le dos.

Ce titre de maître de danse avait rendu le vieux soldat furieux ; mais il ne disait rien encore, et, choquant son verre à celui de l'ancien portier-consigne, il dit simplement, au milieu du grand silence qui s'était établi :

« A votre santé, Poirier, et allons-nous-en. »

Il vida son verre d'un trait, déposa quelques sous sur la table et se dépêchait de sortir ; mais cela ne faisait pas l'affaire des provocateurs, qui tous ensemble poussèrent un éclat de rire :

« Ah ! ah ! ah ! la bonne face ! »

Et l'un d'eux ajouta :

« Vous ne connaissez pas Lapointe, vous autres ? Vous savez, le fameux Lapointe de la 32ᵉ, le brave des braves, qui donnait le frisson à toute l'armée des sans-culottes ? Vous ne le connaissez pas... il n'est pas ici ? »

Et prenant par le bras un petit chaudronnier tout contrefait, nommé Simon :

« Est-ce que ce ne serait pas toi, par hasard ?... Tu lui ressembles. »

Personne ne comprenait où ces gens voulaient en venir.

« Laissez-moi tranquille, répondait Simon en se dégageant ; je suis chaudronnier de mon état ; je ne vous demande rien.

— Laissez ce pauvre homme tranquille, dit Mauduy en se rasseyant ; puisque c'est à moi que vous en voulez, ne vexez pas les autres..... Qu'avez-vous à me demander ? Me voilà ! — Bibi, apportez une chopine ; Poirier, vous accepterez encore un verre.

C'était un vieux bonhomme... (Page 60.)

— Ah! c'est donc toi, Lapointe? dit alors le grand brun. Tu t'étais si bien caché depuis vingt ans, qu'on ne te retrouvait plus..... Il paraît qu'avec l'âge la prudence arrive, et....

— Que me voulez-vous? interrompit brusquement le vieux tailleur, dont la figure était devenue couleur lie de vin. — Voyons, ne faites pas les malins... parlez clairement.

— Eh bien, nous voulons te tâter le pouls, dit un des prévôts en ricanant.

— Ah! vous voulez me tâter le pouls!.... Vous l'entendez, fit-il en s'adressant à toute la salle : — ils veulent me tâter le pouls.... ; c'est pour cela qu'ils sont venus. — Vous vous en souviendrez!.... La provocation ne vient pas de moi, mais je l'accepte.

— Contre lequel d'entre nous? demanda le grand maître d'armes.

— Contre tous, fit-il. Oui, vous m'avez tous insulté; je vous défie tous... Et, puisque vous avez parlé de la trente-deuxième, c'est la trente-deuxième..... Mais cela suffit, dit-il en retenant sa langue. Allons, Poirier, en route; on ne se dispute pas dans un cabaret, comme des polissons. Je vous laisse avec ces messieurs; vous êtes un de mes témoins; vous en chercherez un autre : les anciens ne manquent pas. Vous vous entendrez sur le terrain.... Nous nous retrouverons à la porte de Bâle.

— C'est bon, » fit Poirier.

Tout cela fut dit au milieu du silence; les maîtres d'armes et les prévôts avaient obtenu ce qu'ils voulaient.

Souvenez-vous seulement de la 32me. (Page 67.)

Mauduy, se coiffant de son vieux chapeau, sortit sans même jeter un regard à ses provocateurs, les moustaches ébouriffées, l'air indigné. Il descendit les trois marches du cabaret et se dirigea vers sa rue en poussant de petits hoquets bizarres. Ce n'était plus le vieux tailleur mélancolique : c'était la bête fauve qui se réveille après avoir longtemps dormi et dont les mâchoires claquent de faim et de soif.

Je ne sais ce que pensaient les grenadiers en se voyant si bien servis; mais ils descendirent sur la petite place des Acacias gravement, et moi je me dépêchai de regagner mon magasin.

Du seuil, je les vis s'entretenir devant le cabaret avec l'ancien portier-consigne; puis chacun s'en alla de son côté; ils avaient pris rendez-vous quelque part.

II

Or, ce jour-là, voyant tout le monde à la campagne et dans les cabarets, et pensant que personne ne viendrait plus acheter après quatre heures, je dis à ma femme de s'habiller et que nous irions faire un tour dans notre jardin.

Je fermai le magasin; elle se dépêcha d'aller mettre son chapeau, de se jeter un châle sur les épaules, et dix minutes après nous gagnions bras dessus bras dessous la porte de Bâle, heureux d'aller respirer le bon air des champs et de voir les progrès de la végétation depuis toute une longue semaine.

Le temps était très-beau. Notre jardin n'était pas éloigné de la ville, sur la route de Bâle ; nous avions là une jolie gloriette treillissée, couverte de volubilis, de clématites et de vigne vierge, des allées bordées de fleurs et quelques beaux arbres : mirabelliers et pruniers, alors blancs comme neige, et que nous devions revoir bientôt courbés sous les fruits.

Je ne dis rien à Joséphine de la provocation dont j'avais été témoin ; ces sortes d'affaires étaient alors assez fréquentes entre les anciens soldats de la République et de l'Empire et la jeune armée des Bourbons. De telles choses ne sont pas faites pour réjouir les femmes ; et la mienne, fort délicate, aurait été tout émue d'entendre parler d'un duel semblable, entre un vieux bonhomme tout décrépit et six grands gaillards dans la force de l'âge et de l'agilité acquise par une pratique journalière de la salle d'armes.

Je formais des vœux pour le père Mauduy, c'est tout ce que je pouvais faire, et je m'en remettais pour le surplus à la sagesse de l'Éternel, sans espérer pourtant beaucoup que le vieux tailleur pourrait sortir sain et sauf d'une si terrible rencontre.

Vers quatre heures et demie du soir, nous étions tranquillement à regarder nos œillets et nos tulipes ; le soleil dorait quelques légers nuages au haut des collines, tout respirait le calme, la fraîcheur du printemps. Je venais de découvrir un nid d'oiseau dans la haie de notre jardinet ; Joséphine, ravie, le regardait en extase ; nous n'avions pas encore d'enfant, mais nous comprenions pourtant bien les cris de détresse de la pauvre mère voltigeant de branche en branche autour de nous. « Éloignons-nous, disait ma femme, ne prolongeons pas son épouvante. » Et dans ce moment, comme nous nous redressions, j'entendis au loin un bruit de ferraille, un vague murmure, qui tout d'abord fixa mon attention : là-bas, derrière la petite allée des houx et le verger qui séparait notre jardin des propriétés voisines, on se battait.

Ma femme, elle, n'entendait rien. Elle rentra dans la gloriette ; je lui dis de m'attendre quelques instants, que j'avais des replants et des boutures à demander au jardinier Laforêt, dont le potager se trouvait plus loin, sur la route ; et, poussé par une curiosité diabolique, j'enfilai l'allée formée par de grandes haies aboutissant sur les prés de l'ancienne tuilerie, d'où partait le cliquetis que j'avais entendu d'abord.

A chaque pas il devenait plus distinct ; et quelle ne fut pas mon horreur, au moment où je me penchais dans la haie, de voir là un grand corps étendu sur le gazon, celui du maître d'armes brun, la bouche pleine de sang, les yeux tout grands ouverts, son habit de grenadier dans l'herbe. Il était tombé le premier, et les combattants s'étaient retirés à quelques pas plus loin pour continuer ; personne ne veillait auprès du mort.

Comme je m'approchais derrière la haie, une exclamation se fit entendre :

« Ah !

— Et de deux ! » fit la voix du père Mauduy, avec une sorte de ricanement.

En effet, à travers le feuillage, j'aperçus, autour d'un corps étendu, plusieurs assistants inclinés ; ils regardaient ; un des grenadiers dit en se relevant :

« Il est touché comme l'autre... au-dessous de l'aisselle. »

Mauduy, en bras de chemise, restait seul debout ; il attendait ; sa figure vineuse avait une expression de férocité joyeuse, et tout à coup il se prit à dire :

« Allons... allons... nous compterons tout à l'heure... Il est mort... ça suffit... Passons à un autre... le meilleur d'entre vous... le plus fringant, le plus huppé !... Tenez, celui-là, fit-il en montrant le grenadier qui l'avait appelé maître de danse. »

Mais celui-là n'avait pas l'air de vouloir y mordre.

« Nous tirerons au sort, fit-il d'un accent bien autre qu'au cabaret de Bibi, c'est le plus simple.

— Eh ! dit le vieux tailleur, pourquoi tant d'embarras ? Vous m'avez bien choisi tout seul, à six que vous étiez... Eh bien, je vous choisis, moi.

— Non ! nous tirerons au sort, dit le maître d'armes, c'est plus régulier.

— Eh bien, dépêchons-nous... Je suis un peu échauffé... Je ne tiens pas à m'enrhumer. »

Il y avait dans toutes ses paroles un accent de mépris et d'ironie terribles.

Ses deux témoins, le portier-consigne Poirier et l'ancien sergent Perrot, deux vieux de la vieille, comme on disait alors, restaient impassibles.

Les autres se réunirent et tirèrent au sort, et le hasard voulut que celui-là même que le tailleur avait désigné perdit. Il se déboutonna lentement, déjà pâle comme un mort.

« Dutrell, lui dit un de ses camarades, attention !.. Tu as vu le coup...

— Oh ! fit le vieux Mauduy en ricanant, nous n'avons pas que ces deux-là ; nous en avons d'autres à la douzaine... Tous les matins, à la 32ᵉ, on en inventait deux ou trois avant d'aller à la messe. »

Et, tombant en garde :

« Y sommes-nous ? » s'écria-t-il.

L'autre, sans répondre, se mit en garde ; les fleurets s'engagèrent.

Le tailleur me faisait face à trente pas, j'étais penché dans la haie. Comme les fleurets se touchaient, il m'aperçut, un sourire effleura ses lèvres ; il était heureux de m'avoir pour témoin de ses exploits ; mais, entraîné par un sentiment d'horreur et de pitié invincible, je lui criai :

« Père Mauduy, ne le tuez pas !... Il a une mère aussi, lui !... Une mère qui l'aime, comme la vôtre vous aimait... Père Mauduy, au nom de la bonne mère Jacqueline.... »

Les fleurets papillotaient avec un cliquetis bizarre.

La figure du vieux tailleur s'était renfrognée ; ses yeux brillaient comme deux étincelles derrière ses larges sourcils blancs, ses mâchoires se serraient.... j'avais peur !.... et pourtant deux fois déjà, ayant paré le coup de son adversaire, il avait pu lui percer la poitrine et ne l'avait pas voulu....

A la fin, blessant son homme au bras, il dit d'un ton brusque :

« Voilà ton affaire, à toi.... Ça suffit.... n'y reviens plus ! Que ça te serve de leçon ! »

Sa figure s'était un peu adoucie.

L'homme blessé s'en allait bien content, un de ses témoins lui liait le bras avec un mouchoir ; le pauvre diable était pâle comme un mort, et pourtant il paraissait heureux d'en être quitte à si bon marché.

Quant au père Mauduy, il était toujours là, attendant.

« Eh bien, fit-il, est-ce que l'un de vous en veut encore ?

— Cela suffit, l'honneur est satisfait, dit l'un des maîtres d'armes.

— Vous croyez ? répondit le tailleur avec un sourire ironique. Je pourrais bien, moi, vous répondre que ça ne me suffit pas, que je ne sors pas de mes habitudes pour si peu de chose. Je pourrais vous répondre que lorsqu'on se met cinq ou six pour insulter un vieillard, car je suis un vieillard, on devrait au moins soutenir son insolence jusqu'au bout... Mais allez... je vous tiens quittes ! Souvenez-vous seulement de la 32ᵉ, et dites-vous bien que ses vieux chicots valent encore toutes vos dents blanches... ça mord dur ! »

Les maîtres d'armes s'en allaient, suivis de leurs témoins, sans répondre.

Leur indignation était grande ; elle n'allait pourtant pas jusqu'à réclamer, jusqu'à protester et se remettre en garde contre le vieux tailleur, dont ils s'étaient tant moqués.

Les deux corps restaient là dans l'herbe, à l'ombre de la haie, et le blessé, appuyé sur l'épaule d'un de ses camarades, s'éloignait, faisant bonne contenance. Ils prirent la petite allée et traversèrent les glacis, allant sans doute à l'hôpital militaire prévenir d'envoyer une civière pour enlever les morts.

Mauduy avait ramassé sa redingote, dont il passait les manches d'un air d'indifférence ; il remit aussi sa cravate de crin, qui se bouclait derrière, à la mode des vieux soldats ; puis, se coiffant de son chapeau à claque, il dit aux deux autres, qui l'attendaient :

« En route... voilà une affaire réglée. »

Comme il passait près de moi, je dis :

« Merci, père Mauduy. »

Et lui, se retournant à ma voix, me tendit la main par-dessus la haie, en s'écriant :

« Vous êtes encore là, monsieur Antoine !... Ma foi, le troisième vous doit une fameuse chandelle... Sans vous, je l'embrochais comme un *kaiserlick*. »

Puis, traversant la haie :

« Vous allez me rendre un petit service, dit-il. Vous avez été témoin de la provocation, je vous ai vu dehors, à la fenêtre de Bibi...

— Oui, père Mauduy.

— Eh bien, il faut que vous m'accompagniez chez le commandant de place, et que vous témoigniez de la chose ; un bon bourgeois comme vous aura plus de crédit que nous autres, vous comprenez ?

— C'est bon, cela suffit, lui répondis-je ; le temps de reconduire ma femme à la maison, et je suis à vos ordres. Vous me trouverez sur la petite place. »

Il fit un signe de tête affirmatif et rejoignit ses témoins, déjà au bout de l'allée, sur les glacis.

Moi, j'allai prendre ma femme au jardin.

Une demi-heure après, le père Mauduy, ses témoins et moi, nous étions en route pour l'hôtel du gouverneur.

Le sapeur de planton à la porte alla prévenir M. le commandant Clovis de Beaujaret que des bourgeois demandaient à lui parler, et, deux minutes après, il vint nous dire de monter.

M. le commandant Clovis, en veston gris

et calotte noire, des besicles comme des verres de montre à cheval sur son gros nez rouge, était assis dans son salon, sur son tabouret, en train de faire de la tapisserie; il avait auprès de lui, dans un panier, des quantités de bobines, et brodait des fleurs de lis avec une adresse merveilleuse.

« Qu'est-ce que vous voulez ? » fit-il en nous jetant un coup d'œil, sans cesser de poursuivre son travail.

Le père Mauduy, en quelques mots, lui conta l'affaire; et Poirier ayant voulu confirmer le dire de son camarade, il l'interrompit en disant :

« C'est bon! c'est bon!... On vous connaît, vous!... Vous êtes de la même bande... Autant vaut l'un que l'autre... Laissez parler M. Flamel. »

Alors je lui racontai le passage des maîtres d'armes sur le trottoir, devant mon magasin; la manière dont ils avaient combiné leur provocation, leur entrée au cabaret de Bibi, enfin tout ce que j'avais vu, entendu jusqu'à la fin; lui, tout en continuant de broder, m'écoutait fort attentif.

« Vous pourriez attester tout cela devant la justice? dit-il.

— Oui, monsieur le commandant.

— Alors, c'est bien. »

Et s'adressant à Mauduy :

« Vous avez de la chance que cet honnête bourgeois ait été témoin de l'affaire, car tous vos savetiers, vos gagne-petit, toute votre racaille de sans-culottes et de bonapartistes n'aurait servi de rien. Allez!... Puisque les deux maîtres d'armes se sont fait tuer comme des imbéciles, qu'on les enterre... c'est le plus court... Et quant au blessé, je pense qu'il est à l'hôpital... qu'il y reste... Et qu'on ne me parle plus de tout ça... Ces disputes m'ennuient... On n'a plus une minute à soi pour travailler tranquillement... Ça m'embête, fit-il, en ouvrant sa grande bouche jusqu'aux oreilles, oui, ça m'embête !... Je vous lâche pour cette fois; mais si j'apprends encore quelque chose, monsieur Mauduy, dit Lapointe, à la moindre mouche qui piquera, vous aurez de mes nouvelles. »

Là-dessus, saluant M. le commandant, qui s'était remis à broder, nous sortîmes à la file.

Et, dans la rue des Cordiers, déjà loin de la sentinelle qui se promenait de long en large devant l'hôtel du gouverneur, Poirier, furieux du dédain que M. Clovis de Beaujaret avait témoigné pour sa déposition, s'écria :

« Mauvais émigré!... Ça s'est battu vingt ans contre le pays, et ça insulte les patriotes! »

Personne ne lui répondit, chacun en avait assez; on se dépêcha de regagner sa maison, bien heureux de voir l'affaire se terminer ainsi, sans poursuite du conseil de guerre ou d'ailleurs.

Ces choses me sont revenues en détail, et pourtant que d'événements nous en séparent: Charles X et les missions; Louis-Philippe et les guerres d'Afrique; la révolution de 1848 et les événements de juin; les chemins de fer, les lignes télégraphiques, Napoléon III et l'invasion, le déchirement du pays, la perte de l'Alsace et de la Lorraine!... Et que les figures sont changées!... Quel rapport les bonapartistes d'aujourd'hui ont-ils avec ceux que nous avons vus? Ils leur ressemblent comme le neveu ressemblait à l'oncle; ils vont à confesse! et les autres se seraient alignés tout de suite, si on les avait appelés « calotins ». Tout est changé, les noms seuls restent. Enfin, je continue mon histoire.

A la fin de l'année 1826, un soir, j'étais à vendre quelques objets de quincaillerie, lorsqu'une petite fille toute déguenillée entra me dire que le père Mauduy demandait à me voir.

C'était la fille de Voirin, le fossoyeur, demeurant dans la même rue que Mauduy.

Aussitôt, laissant ma femme au magasin, je me rendis à la baraque du vieux tailleur, pour savoir ce qu'il me voulait.

La fenêtre de son réduit était ouverte comme autrefois, on chantait l'A B C cinq ou six maisons plus loin, comme du temps de M. Berthomé, mort l'année précédente et remplacé par le nouvel instituteur, M. Trichard.

En entrant dans la petite chambre basse, parmi les vieilles guenilles pendues au mur, je regardais sans découvrir le pauvre homme, lorsque d'une voix sourde, brisée, il me dit :

« Ici, monsieur Flamel, ici! »

Alors je l'aperçus étendu sur son lit, dans l'ombre de l'escalier, tout jaune, tout défait, les yeux brillants de fièvre, la face baignée de sueur. J'allai lui donner la main.

« Vous êtes malade, lui dis-je, et vous avez envoyé la petite fille de Voirin m'en prévenir...

— Oui, dit-il, j'en ai juste pour aller jusqu'au soir... ou jusqu'à demain au plus... Je vais sans doute défiler cette nuit, et j'ai voulu vous voir.

— Est-ce que vous avez besoin d'un médecin?

— Je n'ai pas besoin d'un médecin pour signer ma feuille de route; c'est une formalité inutile, je m'en irai bien sans cela.

— Voulez-vous un prêtre?

— Non.

— Alors, pourquoi m'avez-vous fait venir? Vous avez besoin d'argent pour des remèdes, des soulagements, une femme de garde, quoi?

— Je n'ai besoin de rien. Je vous ait fait venir pour vous serrer la main et vous dire merci.

— Merci... pourquoi?

— Pour m'avoir crié d'épargner le polisson qui m'avait insulté, en me rappelant ma mère; c'est pour cela que je vous ai fait appeler. »

Il me tendait la main.

« Vous êtes un brave homme.... Je vous aime bien! »

Il était ému et moi aussi.

« Allons, fit-il au bout d'un instant, c'est assez, portez-vous bien! »

Et, se retournant, il me donna congé.

Je rentrai chez moi.

Trois ou quatre heures après, une femme de la ruelle des Glaneurs nous dit que le père Mauduy était mort. Et le lendemain soir, apprenant qu'on allait l'enterrer, je mis mon chapeau et ma redingote pour assister à l'inhumation.

Les cloches ne sonnaient pas; dans la maisonnette, je ne trouvai que les quatre porteurs et quelques vieux de la vieille.

Le cercueil était sur deux chaises boiteuses; ils le mirent sur le brancard et partirent. Je marchais derrière; les voisins regardaient aux fenêtres. On se rendit directement au cimetière; là nous attendait le fossoyeur Voirin, près de la fosse, sous les saules pleureurs, dont les feuilles commençaient à tomber; il nous attendait en fumant son bout de pipe.

« Ah! vous voilà, dit-il; c'est bon! Il n'y a pas de *De profundis*, pas de gens qui crient; ça va tout seul cette fois.... Et qu'est-ce qui a payé le cercueil?

— Moi, père Voirin.

— Alors, vous payerez bien aussi ma fosse?

— Oui, soyez tranquille.

— Après ça, fit-il en crachant dans ses mains pour saisir les cordes, il y a bien de quoi couvrir les frais: six vieux pantalons, un uniforme du temps de la République, le lit, la table et les chaises; j'ai vu ça! Allons, aidez-moi, vous autres... Vous y êtes?

— Oui.

— Tenez ferme.... nous y voilà. »

Le cercueil était dans la fosse; je pris la pelle et j'y jetai un peu de terre. Les autres regardaient, comme on regarde au fond de ce trou noir, et Voirin, rallumant sa pipe, le nez en l'air, s'écria:

« Ne vous donnez pas la peine, monsieur Flamel, je me charge de fermer le trou; une pelletée de plus ou de moins, ça n'y fait pas grand'chose! »

Il aspira deux ou trois bonnes bouffées, pour bien allumer sa pipe, mit le couvercle dessus, et saisissant sa pelle:

« Ça marche bien, cette année, s'écria-t-il; on gagne sa vie!... Tous les vieux descendent la garde l'un après l'autre... La semaine dernière, c'était le capitaine Hochedé et le caporal Bouquet; aujourd'hui, c'est le terrible Lapointe, de la 32e; si cela continue jusqu'à la fin de l'année, le nouveau cimetière sera plein comme l'ancien; il faudra bientôt acheter le champ de M. Güize pour continuer... Ce pauvre M. Güize a bien attendu assez longtemps; au moins qu'il jouisse de la vente avant de mourir. »

Et la terre roulait, la fosse se comblait.

« Il y en a, dit l'un des porteurs, dans un arpent, il en entre!

— S'il en entre! Je crois bien.... des centaines et des centaines! Après ça, dit Voirin, c'est tout naturel, dans cent ans d'ici, nous tous qui vivons sur la terre, nous serons ce que nous étions cent ans avant de venir au monde. »

Je partis, laissant le vieux fossoyeur continuer ses réflexions et ses histoires aux porteurs, qui se reposaient un peu, assis sur le brancard, avant de retourner en ville.

Depuis, j'ai passé souvent par là, dans la petite allée des Houx qui longe le cimetière et qui mène au village de Timery. Chaque fois, je me suis arrêté quelques secondes en face de la tombe sans croix et sans pierre du vieux tailleur; la fosse est dans la haie, c'est maintenant une des plus vieilles, couverte de gazon, et les fleurs qu'on sème à droite et à gauche sur d'autres tombes s'étendent de son côté; le pauvre vieux en a sa part. Mais personne en ville ne sait plus qu'il est là, excepté moi, Voirin étant allé rejoindre ceux qu'il avait enterrés.

Ainsi vont les choses en ce monde!

Mon Dieu, pourquoi tant s'inquiéter? A la fin du compte, chacun trouve sa place; et je me rappelle maintenant que le vieux tailleur disait qu'il n'y a pas de parade, ni en tierce ni en quarte, quand le moment est venu.

Il avait bien raison.

FIN DU VIEUX TAILLEUR.

GRETCHEN

Il était environ dix heures du soir, lorsque les buveurs sortirent de la brasserie du *Cygne*. Théodore fit comme les autres et descendit le village silencieux. Les petites fenêtres se fermaient au loin, et l'on entendait les bonnes commères crier dans la nuit en tirant leurs volets : « Bonsoir, Orchel! bonsoir, Grédel! Dormez bien ! »

Puis tout se tut, et Théodore resta seul dans la rue sombre, les étoiles innombrables sur sa tête, les arbres frémissant à ses côtés, le long de la route... regardant, écoutant et rêvant.

Que de choses fugitives la nuit nous révèle! Écoutez ce vague murmure... ce chat qui fuit... cet oiseau qui gazouille si bas, si bas... que la fouine toujours à l'affût peut à peine l'entendre.

Théodore aimait la nuit ; il allait quelques pas... s'arrêtait... se retournait... prêtant l'oreille... Les paroles de Conrad le tisserand, lorsqu'il regardait le ciel, revenaient à sa mémoire :

« Conserve ton âme! conserve ton âme! »

Mais quand il regardait la terre, quand il respirait les doux parfums de l'automne, des foins coupés, des arbres au feuillage brun, alors il songeait à Gretchen, à la jolie Gretchen, si fraîche, les lèvres humides et roses, les grands yeux bleus si riants, si limpides... l'éclat de rire si franc!.... Qu'elle lui paraissait belle alors, et comme son cœur galopait! Il lui semblait la voir courir d'une table à l'autre, et verser la bière dans les grandes chopes luisantes, le bras haut, blanc comme de l'ivoire... la taille bien cambrée, les deux tresses de ses blonds cheveux flottant jusqu'au bas de sa petite jupe coquelicot, les dents éblouissantes comme un pur émail.

Gretchen riait avec tout le monde, excepté avec M. Théodore ; à peine le voyait-elle entrer, qu'elle devenait grave; mais en même temps ses grands yeux bleus prenaient une telle expression de tendresse, que le cœur du pauvre garçon fondait d'amour... Il en perdait la respiration et balbutiait des paroles inintelligibles.

Théodore rêvait à ces choses ; il revoyait aussi le vieux Reebstock, le père de Gretchen, coiffé de sa grande perruque grise, le regard candide, plein d'une fine bonhomie... et la taverne fumeuse aux poutres basses... l'horloge à cadran de faïence... la lampe suspendue au plafond, dorant tous ces bruns visages de buveurs, de vignerons, le chapeau enfoncé sur les yeux, et le petit gobelet d'étain dans leurs larges mains roides et crevassées.

« La vie est sur la terre, se disait-il : cette vie fraîche, cette vie d'amour, de sentiment, de bien-être... Le vin, les beaux fruits, les parfums... et Gretchen... tout cela, c'est la vie terrestre ! »

Il frissonnait en songeant à la jeune fille ; il se la représentait si bien, qu'il aurait pu compter chaque fil de sa robe, chaque grain de son collier, chaque inflexion de son sourire à fossettes roses.

Aucune nuance ne lui échappait : il regardait les étoiles, et voyait Gretchen... Il écoutait la brise, et entendait la voix de Gretchen... Il rêvait au monde, et Gretchen était là... toujours là... écoutant sa pensée, y répondant... O amour!... amour!... qu'es-tu?... d'où viens-tu?

Et Théodore allait ainsi par la nuit lumineuse, derrière le village, longeant les buissons, parcourant les petites allées bordées de palissades, s'échappant sur la plaine fraîchement fauchée, regardant les maisonnettes avec leurs constructions bizarres, irrégulières, leurs escaliers extérieurs, leurs balustrades vermoulues, leurs basses-cours, leurs grands toits avancés... tout cela bordé d'ombres noires, mystérieuses!

Par un immense détour, il était revenu lentement vers la demeure de Reebstock; il s'était arrêté derrière l'échoppe, sous la fenêtre de Gretchen, et se disait, regardant, tout en haut du volet, le trou rond qui donne du jour à l'intérieur :

« Elle est là! »

Et pensant qu'elle était là, son esprit devenait si fixe, si pénétrant, qu'à le voir, vous eussiez supposé qu'il regardait quelque chose d'étrange, de curieux... Mais il ne regardait rien... il pensait :

« Elle est là! »

Et du haut du ciel, la lune blanchissait son front, creusait l'arcade de ses yeux, argentait sa petite barbe blonde et ruisselait sur son costume d'artiste, un peu négligé, un peu flottant... mais plein d'élégance libre et pittoresque; il tenait à la main gauche son large feutre gris, dont la plume de coq balayait la terre, et, de la droite, il envoyait son âme à Gretchen dans un baiser!... Puis, au bout d'un quart d'heure de cette contemplation silencieuse, il enjamba les petites palissades du jardin... entra dans la cour, et voyant à droite la porte de la brasserie ouverte, le cuvier arrondissant dans l'ombre son large ventre à cercles roux, ayant à sa base le petit banc de l'établi, la hache à manche courbe, qui jetait dans les ténèbres un éclair bleuâtre, le rabot, les tenailles, tous les ustensiles du tonnelier, et plus loin, la vis du pressoir éclairée oblique- ment par les rayons de la lune, il s'avança lentement, respirant l'odeur un peu âpre du houblon qui fermente et du raisin qui cuve.

Du reste, pas un bruit, pas un souffle, la petite lucarne, au haut du toit, tamisait à l'intérieur un jour calme et doux.

Il s'assit sur un baril et se dit :

« Ah! qu'il fait bon ici! »

Il regardait au fond le treillage, où s'enroule un feston de lierre, les petites cuvettes dans la cour où mangent les poules, la porte de la buanderie à gauche, et tout cela, parce que Gretchen s'y promenait souvent, prenait à ses yeux une signification étrange, un charme indicible.

« Ah! pensait-il, si Gretchen sortait un instant, si je pouvais la voir à cette heure, j'aurais le courage de lui dire : Gretchen, je t'aime... Oui... j'aurais ce courage!... »

Il rêvait de la sorte depuis une heure, ne pouvant se décider à partir, quand un bruit singulier se fit entendre au dehors. Théodore dressa la tête; ce bruit ressemblai[illegible] claquement de langue d'un buveur qui [illegible]terait le meilleur vin du monde : il était doux, moelleux, il grasseyait.

« Qu'est-ce que cela »? fit le peintre, et il se glissa dans la cour avec prudence. Là, le même bruit recommença par trois fois. Théodore se tournait et se retournait, n'y comprenait rien... Enfin il eut l'idée d'écarter le feuillage d'un arbousier à pompons rouges, et vit au pied du mur extérieur le fou Kasper-Noss, assis dans l'herbe, les jambes écartées, la chemise rabattue sur les épaules, son vieux pantalon de toile filandreuse tiré d'un côté par la bretelle, son tricorne râpé entre les genoux et plein d'excellents raisins, qu'il venait sans doute de piller dans le voisinage. Le gaillard semblait heureux comme une grive; son front bombé, ses grosses pommettes rebondies, son petit nez luisaient de satisfaction. C'est lui qui claquait de la langue. Il levait des grappes tout entières et les pendait dans sa bouche arrondie; sa gorge repliée se gonflait d'aise : « Hé! hé! » faisait-il en roucoulant. De grandes orties s'inclinaient autour de lui dans l'ombre du mur, et quelques chardons secs faisaient sentinelle à ses pieds.

« Ah! mauvais gueux, lui dit Théodore, c'est ainsi que tu passes tes nuits? »

Le fou tourna la tête avec nonchalance, ses yeux se plissèrent d'un air moqueur, et, sans lâcher des lèvres le bout de la grappe :

« Hé! fit-il, c'est toi, Théodore?... viens donc goûter de mon raisin.

— De qui l'as-tu? »

Kasper étendit la main et répondit :

« Là bas... il y en a!

— Comment, il y en a!... c'est dans le clos de Reebstock que tu les as volés?

— Oui, Théodore, dit l'autre simplement.

— Et si je te dénonce?

— Tu ne feras pas ça.

— Pourquoi?

— Il faudrait dire à quelle heure tu m'as vu. »

En prononçant ces mots, les yeux de Kasper-Noss louchèrent d'une façon bizarre; il rit, et le peintre, se dépêchant de repasser la palissade, murmura :

« Oh! oh! il a raison, le fou... il a raison!... »

Mais, comme il allait fuir, Noss le saisit à la basque de son habit en s'écriant :

« Halte! voleur, halte!... je t'attrape, tu viens de voler l'âme de Gretchen! »

Théodore pâlit.

— Laisse-moi!

— Non, assieds-toi.

— Noss, je t'en prie!

— Mange de mes raisins...

— Écoute... je crie... j'appelle...

— Prête-moi une pipe de tabac, Théodore, et je vais faire sortir Gretchen, dit Noss de ce ton étrange de la folie, plein d'égarement et de conviction... Elle t'aime... elle ne pense qu'à toi... Tiens, fit-il en levant le doigt... écoute... elle rêve dans sa petite chambre... elle dit : « Théodore... mon Théodore... oh! je t'aime!... »

Le fou avait lâché l'habit de Théodore; mais celui-ci ne pensait plus à fuir, il écoutait les assurances de Noss avec une joie infinie.

« Oh! mon bon Kasper, es-tu bien sûr de ce que tu dis? murmura-t-il d'une voix tremblante.

— Et pourquoi cela ne serait-il pas? fit Noss. N'es-tu pas le plus beau garçon du village... et le meilleur aussi? Ne me donnes-tu pas du tabac quand je t'en demande, et tes vieilles pipes? Oui, oui... elle rêve à toi toutes les nuits... Tiens, assieds-toi, je vais la faire sortir. »

Théodore, comme fasciné, s'assit... Alors le fou lui présenta une grappe.

« Mange ça, dit-il, tu m'as assez souvent donné du pain, pour que je te fasse un cadeau. »

Et Théodore égrena la grappe par complaisance; elle était délicieuse... C'était du vrai rikevir.

Noss riait; joignant alors les mains devant sa bouche, il fit entendre un cri guttural, le cri de la caille qui s'éveille... C'était tellement vrai, que tout au loin, dans les champs, une caille y fut trompée; s'imaginant voir le jour en pleine nuit, elle chanta trois fois.

« Que fais-tu donc? dit le jeune homme.

— J'avance l'heure », répondit Noss tout joyeux.

En effet, il répéta plusieurs fois le même cri à de longs intervalles, et les campagnes d'alentour semblaient s'animer de mille rumeurs confuses.

« Laisse-moi faire, disait-il à Théodore, laisse-moi faire... Gretchen va sortir... Le vieux Reebstock a le sommeil dur, il ne s'éveillera pas! »

Et se penchant sur la palissade, Noss imita le premier chant du coq, enroué par le brouillard... grasseyement bizarre, lent et grave; vous eussiez cru voir le coq secouer ses plumes et frissonner sur son perchoir. Cinq ou six poules descendirent l'échelle du poulailler, regardant la lune au-dessus du toit.

« Oh! mauvais gueux, murmura Théodore, qui donc a pu t'apprendre de telles ruses! »

Mais Kasper-Noss riant, lui dit tout bas :

« Ne m'interroge pas... je suis fou!... »

Les poules, surprises de leur erreur, voulurent remonter l'échelle; mais le fou du village, plein de malice, les chassa et les fit crier. Puis subitement, il imita le chant de l'alouette saluant l'aurore. Il y mit tant d'amour, que Théodore en avait les larmes aux yeux et se disait :

« O Gretchen!... viens... viens... Gretchen, mon amour... ma joie... ma vie!... Gretchen... c'est mon cœur qui chante pour toi... c'est moi qui t'appelle! »

Il était rentré dans la cour, et le dos contre le mur, la tête inclinée, il rêvait, tandis que Noss déroulait ses gammes frémissantes.

Or, Gretchen, un peu surprise, avait entendu la caille dans le vague du sommeil. Elle n'y avait pas cru. Elle avait entendu le coq... et n'y avait pas cru; puis les poules, et ses yeux s'étaient ouverts. Aucune lueur ne brillait encore au volet, elle s'était retournée, rêvant à Théodore. Mais quand elle entendit l'alouette... quand les notes veloutées et tendres arrivèrent à son âme, alors se levant tout doucement, elle se dit :

« Oui, c'est le jour! »

Elle passa sa petite jupe et fut ouvrir le volet. Théodore l'avait entendue se lever... il tremblait... il aurait voulu fuir... mais, au moment où le volet s'ouvrit, toute sa timidité disparut; il se pencha dans la fenêtre, et, malgré un petit cri de la jeune fille, lui saisissant la main :

« Oh! Gretchen... Gretchen... dit-il, je t'aime! »

A peine eut-il prononcé ces paroles, que ses jambes fléchirent. Gretchen, émue comme une tourterelle surprise dans son nid, les joues brûlantes, balbutiait doucement :

« Théodore!... cher Théodore!... »

Elle ne put en dire davantage, car le volet du père Reebstock s'ouvrit brusquement au-dessus de la fenêtre, et l'on entendit dans la nuit un juron terrible... un véritable juron alsacien, suivi de ces mots :

« Qu'est-ce que je vois là ? »

Tout le monde fut consterné. Théodore et Gretchen tombèrent dans les bras l'un de l'autre, puis ils se séparèrent épouvantés de ce qu'ils venaient de faire. Noss, les bras en l'air, fuyait à toutes jambes, imitant les cris d'un canard poursuivi dans les roseaux par un caniche. Sa voix nasillarde retentissait au loin. Il y avait de quoi rire; mais Reebstock ne riait pas; aussi le peintre, rabattant son feutre, franchit la palissade et se mit à courir dans les vergers, tandis que Gretchen, toute tremblante, fermait vivement sa fenêtre.

« Ah! brigand, criait Reebstock, le bras étendu, tu me le payeras! »

Et le gros chien du voisin, réveillé par le tapage, aboyait en secouant sa chaîne.

Théodore courut jusqu'au petit jour, à droite et à gauche, répétant comme dans un rêve :

« Gretchen! Gretchen! je t'aime! »

Puis il ajoutait :

« Théodore! cher Théodore! »

Et se trouvait le plus heureux des mortels.

Vers cinq heures, il rentra chez lui, et quand il se fut couché sur son petit lit, songeant que le vieux Reebstock l'avait peut-être reconnu, et qu'il pourrait bien à l'avenir lui fermer sa porte, cette pensée le rendit fort triste.

Le lendemain, sa tristesse était plus grande encore.

« Est-il possible d'être aussi malheureux que moi? s'écriait-il. Oh! le vieux Reebstock doit m'en vouloir terriblement... Je ne reverrai peut-être plus Gretchen... Si je pouvais seulement la voir encore une fois... Mais je n'oserai jamais passer dans la grande rue!... »

Et tout en réfléchissant à ces choses désolantes, il descendit l'escalier et se mit en route au hasard, regardant de loin la brasserie, la girouette et l'enseigne.

Rien ne paraissait changé... Tout semblait comme à l'ordinaire. Le pâtre descendait le village en sonnant de la trompe, et suivi d'une longue file de chèvres et de pourceaux... les jeunes filles se rendaient à la fontaine, leur cuveau sous le bras, et Kasper-Noss, étendu sur le banc de la maison commune, dormait tranquillement le dos au soleil.

A force de regarder, Théodore s'était approché, son carton sous le bras; il passait devant la brasserie, n'osant tourner la tête, quand plusieurs coups retentirent aux vitres. Il s'arrêta tout épouvanté.

« Est-ce moi qu'on appelle »? se dit-il.

Les fenêtres de la grande salle étaient ouvertes, et déjà bon nombre de buveurs se trouvaient attablés : le bourgmestre Weinland avec sa grosse figure rouge, son large feutre planté sur la nuque, sa grande canne de cep de vigne entre les jambes; le tailleur Zimmer en camisole grise, le nez barbouillé de tabac, la toque verte tirée sur les oreilles; le petit barbier Spitz, son plat d'étain sur la table à côté de la bouteille, la face riante, le verbe haut, le toupet accommodé en pyramide, suivant l'ancienne mode française, et enfin plusieurs autres.

La vieille Berbel rangeait des pots de lait caillé derrière le fourneau de fonte, et de grandes nappes de soleil, toutes fourmillantes d'atomes, s'étendaient le long des tables et sous les bancs.

Théodore entra fort inquiet.

Le père Reebstock, revêtu de son habit brun garni de boutons d'acier, était assis contre la boîte de l'horloge, en face de la porte; Gretchen, près de la fenêtre, baissait les yeux. On causait... Personne ne paraissait songer à rien; mais, au moment où le peintre parut sur le seuil, Reebstock, levant les bras vers lui, s'écria :

« Théodore, aimes-tu ma fille Gretchen? »

Le jeune homme se sentit pâlir; il ouvrit la bouche pour répondre et ne put proférer une parole.

Reebstock, la figure ouverte et franche, répéta :

« Aimes-tu ma fille Gretchen? »

Tout le monde était ébahi; chacun, le verre en main, restait dans l'attitude qu'il avait auparavant, regardant tour à tour Théodore, Gretchen et le brasseur. Enfin Théodore, d'une voix étouffée par les battements de son cœur, dit :

« Oh! Dieu, si je l'aime!... »

Il regarda Gretchen d'un regard si suppliant, que la jeune fille accourut d'elle-même vers lui, et, se jetant dans ses bras, fondit en larmes. Alors le vieux brasseur partit d'un grand éclat de rire :

« Ha! ha! ha!... je savais bien qu'ils s'aimaient! dit-il; ce n'est pas à moi qu'on peut en faire accroire! »

Et tous les assistants, le voyant rire ainsi, s'écrièrent :

« Ha! ha! ha! il est fin, le vieux Reebstock... il savait tout!

— Eh bien! reprit le brasseur, puisque tu l'aimes tant... prends-la donc, que diable!... prends-la pour ta femme, mais reste avec moi... dans ma maison. »

Puis il ajouta d'un ton plus grave en se rasseyant :

« C'est entendu... vous vous marierez dans quinze jours! »

A quoi toute la salle répondit :

« Dans quinze jours nous serons de la noce! »

Ce qui fut fait.

Or, Reebstock eut des petits-fils et des petites-filles qu'il balança longtemps sur ses genoux. Plus tard, étant devenu tout à fait vieux, il dit à son gendre et à sa fille :

« Mes enfants, vous saurez une chose : si nous sommes tous heureux, c'est le ciel qu'il faut en remercier. J'ai entendu le coq chanter avant le jour, et comme je regardais par la fenêtre, je vis Gretchen ouvrir son volet. Alors j'eus grande envie de me fâcher... mais la Providence m'éclaira : « Marie-les bien vite, « me dit-elle, marie-les, puisqu'ils s'aiment! »

Théodore et Gretchen admirèrent la sagesse du vieillard, et remercièrent le Seigneur-Dieu, qui gouverne ici-bas toutes choses comme il convient.

FIN DE GRETCHEN

TABLE DES MATIÈRES

Paris. — Imp. Gauthier-Villars, 55, quai des Grands-Augustins.

www.ingramcontent.com/pod-product-compliance
Ingram Content Group UK Ltd.
Pitfield, Milton Keynes, MK11 3LW, UK
UKHW021007200726
13857UKWH00004B/1328